ÉLOGE

DE

LOUIS-GABRIEL SUCHET,

MARÉCHAL DE FRANCE, DUC D'ALBUFÉRA.

ÉLOGE

DE

LOUIS-GABRIEL SUCHET,

MARÉCHAL DE FRANCE, DUC D'ALBUFÉRA,

PAR M. BOLO,

LICENCIÉ EN DROIT, MEMBRE DE LA SOCIÉTÉ LITTÉRAIRE DE LYON,
NOTAIRE A LIMONEST (RHÔNE);

DISCOURS

QUI A OBTENU UNE MÉDAILLE D'ARGENT ET UNE MENTION TRÈS-HONORABLE

DÉCERNÉES

PAR L'ACADÉMIE DE LYON, AU CONCOURS DE 1853.

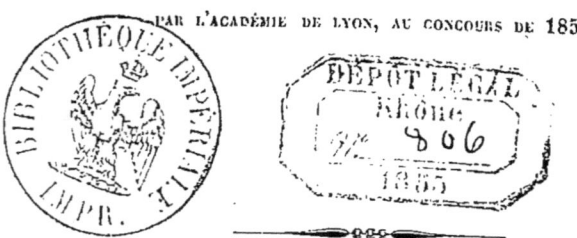

LYON.

IMPRIMERIE D'AIMÉ VINGTRINIER,

Quai Saint-Antoine, 36.

1853.

AVERTISSEMENT.

Le maréchal Suchet, grand homme de guerre, grand homme d'Etat, grand homme de bien, fut l'une des éclatantes décorations de l'humanité dans son siècle.

Je raconte ici son enfance, son éducation, sa première jeunesse, sous le ciel du Mont-d'Or, aux bords de la Saône, dans ce site ravissant et pittoresque dont les souvenirs le charmaient toujours; ses études préparatoires aux affaires de commerce, son entrée au service militaire, son avancement rapide, son étonnante bravoure, son héroïsme connu de toute l'Europe, et sa renommée qui a passé les mers.

Je raconte la vie d'un homme sincère, bienveillant, actif dans son dévoûment d'amitié ou d'obligeance, fidèle à ses affections, réhaussant les qualités les plus précieuses, par ces mœurs sans faste, cette simplicité si admirable dans les dignités, et ayant les vertus qui font l'homme intègre et la grandeur d'âme qui fait l'homme généreux.

Le nom de Suchet est un des plus beaux noms de notre histoire contemporaine. Il se montra aussi célèbre par ses victoires que par ses vertus privées, vertus restées ignorées, parce qu'il les couvrit toujours d'un voile modeste. Ce nom tant de fois béni par le pauvre n'a jamais été prononcé que pour rappeler une belle ou une bonne action.

Dans cette noble cité lyonnaise, qui peut se glorifier d'avoir donné le jour au maréchal Suchet, son image ne s'effacera pas de longtemps de toutes les mémoires.

Pendant que l'Académie de cette ville retentit de ses éloges, un généreux orgueil de patriotisme local et national se plaît à l'honorer et à consacrer sa statue dans une fête dont les arts et les lettres remercieront la ville de Lyon; cette statue ne tardera pas à orner notre cité et à décorer l'une de nos places publiques. Ainsi le souvenir de ses traits se conservera avec celui de ses actions.

Je garde personnellement un culte profond pour cette mémoire si chère à tous; et je ne passe jamais à Saint-Rambert-l'Ile-Barbe, devant la villa la *Mignone*, qui a reçu du séjour du Maréchal une sorte de consécration, sans recueillir ma pensée dans un souvenir et dans un regret. C'est sous ces ombrages que j'appris à admirer ce grand homme qui m'éleva jusqu'à son estime et me combla des preuves de sa confiance. Je suis fier d'avoir touché sa main. Le respect pour le génie et pour la renommée fait partie de ma nature : un rayon de gloire m'éblouit, un nom illustre incline mon front involontairement.

Un mouvement d'enthousiasme et un sentiment de reconnaissance a fait naître le discours qu'on va lire. Il a été composé pour le concours ; la tâche était difficile, car je ne pouvais esquisser qu'avec rapidité un tableau dont le développement n'appartient qu'à un militaire. Je ne me suis donc pas dissimulé que le talent nécessaire pour féconder un tel sujet me manquait. J'aurais voulu trouver des paroles égales à mes impressions. La pensée de rendre à cette mémoire un témoignage public de mes sentiments personnels m'a rassuré ; et lorsque je n'avais aucun titre pour prétendre à la couronne académique, parce que mon faible essai ne pouvait me concilier les suffrages de l'aréopage littéraire, j'ai été honoré par ce corps savant d'une demi-couronne.

Quels sentiments ne doit pas éprouver l'écrivain qui est l'objet d'une si flatteuse distinction, d'une aussi précieuse récompense ? Les illusions de l'amour-propre seraient peut-être pardonnables dans ce jour, mais elles ne m'éblouissent point. Ma sensibilité m'en garantit. Je perdrais trop de mon bonheur, en m'imaginant le devoir à moi-même, et mon cœur jouit mieux d'un acte de bienveillance que ma vanité ne pourrait jouir d'un triomphe.

ÉLOGE

DE

LOUIS-GABRIEL SUCHET,

MARÉCHAL DE FRANCE ET DUC D'ALBUFÉRA

L'amour de la patrie se compose de toutes les passions désintéressées que Dieu a mises dans le cœur humain. Cet amour est aux peuples ce que l'amour de la vie est à chaque homme isolé ; car la patrie est la vie des nations. Aussi, cet amour de la patrie a-t-il enfanté, dans tous les temps et dans tous les pays, des miracles d'inspiration, de dévoûment et d'héroïsme. Si l'on y ajoute encore une passion naturelle à l'homme, celle de sa propre mémoire, du souvenir de ses contemporains et de ses descendants, de la postérité qui inspire et qui récompense dans le lointain les grands sacrifices, les dévoûments qui vont jusqu'à la mort, on comprend alors que, de toutes les nobles passions humaines, celle-là est la plus puissante, parce qu'elle les contient toutes à la fois, et que s'il y a dans l'histoire des efforts surnaturels à attendre de l'humanité, il faut les attendre du patriotisme. Aussi, la France a-t-elle toujours honoré d'une couronne ceux qui la défendent et la civilisent.

1

Or, il est peu de moments dans les annales où elle ait eu autant de bravoure et de hauts faits à admirer et à récompenser, qu'à une époque fameuse, par laquelle s'ouvrent, en quelque sorte, nos temps modernes.

Les victoires remportées par les armées françaises vers la fin du xviiie siècle, et pendant les premières années du siècle suivant, les héros qu'elles ont produits, l'ère immortelle du Consulat et de l'Empire, rappellent de si grands souvenirs que les passions politiques s'en sont emparées avec ardeur pour justifier tous les actes de la révolution. Quel contraste cependant entre les camps et les assemblées maîtresses de la France! Là, le courage, l'abnégation, le patriotisme; ici les luttes de l'ambition et de la haine, toutes les profanations ordonnées au nom de la liberté et des droits de l'homme, la délation et l'échafaud, dernière raison du parti triomphant. La gloire militaire, si grande à cette époque, sut bien se faire jour, malgré la compression exercée par le Gouvernement révolutionnaire qui cherchait à la maintenir dans l'ombre, tandis qu'elle la rehaussait et atténuait l'horreur des attentats du pouvoir. On a voulu depuis attribuer à ce Gouvernement les nobles efforts qui furent tentés alors contre l'étranger et qu'il faut rapporter uniquement au génie de la nation. La France, en 1792, commençait à être fatiguée de ses discordes stériles, lorsque les factions, résolues à fomenter une perturbation générale, provoquèrent les rois de l'Europe, qui répondirent par des menaces d'invasion, au lieu de laisser la révolution se consumer par ses propres excès. Les tribuns eurent dès ce jour un levier pour soulever les haines, pour abattre la royauté et s'élever eux-mêmes sur ses ruines. Il leur fut aisé d'exalter le patriotisme d'un peuple fier et impressionnable, en lui inspirant des craintes sur son indépendance. Toutes les forces vives se portèrent aussitôt vers la frontière, et l'intérieur fut abandonné sans défense aux envahissements et aux violences de la démagogie. Toutefois la mise en scène qui accompagna la proclamation du danger de la patrie, eût été impuissante à remuer les masses, si les puissances européennes n'eussent pas lancé leur manifeste. Mais l'apparition de ce défi souleva la France ; la guerre devint nationale et il s'ouvrit des campagnes mémorables.

Deux faits dominent l'histoire de ces campagnes : la nouveauté de la stratégie, le grand nombre de capitaines illustres qu'elles suscitèrent. Privée de ses chefs et de la plupart de ses officiers par l'émigration, recrutée par des corps de volontaires enthousiastes, mais inexpérimentés, l'armée débuta sans traditions et sans principes militaires. L'instinct des combats, le salut du pays donnèrent naissance à un système tout nouveau. Ce n'était plus cette tactique prudente, ne procédant que suivant des règles déterminées. Impatients de repousser l'ennemi, les Français ne reculaient ni devant les lignes profondes des baïonnettes, ni devant les retranchements hérissés d'artillerie. Les bataillons couraient au feu au cri de : Vive la nation ! et en chantant avec ardeur des hymnes patriotiques. Le succès justifia partout cette audace. Uniquement occupée de la lutte qu'elle soutenait contre les forces de la coalition, l'armée obéit à tous les gouvernements éphémères qui tour à tour opprimaient les populations, à tous les proconsuls qui vinrent la décimer. Cet élan des soldats, cette soumission absolue, même envers un despotisme abhorré, pouvaient devenir des armes invincibles entre des mains audacieuses. Plus alarmée de ce symptôme que des forfaits de la Convention, l'Europe suivait, avec un sentiment d'inquiétude mêlée d'admiration, ces généraux, ces hommes extraordinaires qui se révélaient sur les champs de bataille et imprimaient à la révolution un mouvement inattendu et irrésistible. Elle connaissait leurs noms ; elle redoutait leur génie et la suprématie politique que leurs grandes actions promettaient à la France.

Dans cette foule de guerriers qui devaient être plus tard l'objet du discernement de Napoléon, l'ornement de son règne, l'orgueil de nos annales et l'admiration du monde, on observait, avec étonnement, un héros qui, prenant place parmi cette pléiade de grands capitaines, attirait tous les regards. Ardent au combat, général consommé, quoiqu'à peine sorti de l'adolescence, il était un des promoteurs de ce système d'offensive continue. Modeste et simple, guidé par la prudence, s'occupant sans relâche de la patrie, ne connaissant que le devoir et sa propre estime, il fuyait les applaudissements et illustrait son pays et son époque, sans se douter de sa propre gloire. Son nom est devenu comme le symbole de la générosité, du courage et de la prudence. Nulle autre renommée n'offre le même attrait, ne présente ce rare concours de vertus, cet idéal du caractère antique dont nous admirons les modèles dans Plutarque ; aucun autre capitaine n'a laissé soit parmi ses concitoyens, soit parmi les ennemis qu'il eut à combattre, une mémoire plus pure et plus digne de l'intérêt de l'histoire. Cet intérêt s'attache à toutes les circonstances de sa vie, et l'on aime à remonter jusqu'à son berceau.

PREMIÈRE PARTIE.

Suchet naquit à Lyon, sur la paroisse de Saint-Saturnin, le 2 mars 1770 ; il devait le jour à l'union de Jean-Pierre Suchet et de Marie-Anne Jacquier. Son père descendait de l'une de ces anciennes familles bourgeoises, originaires de l'Argentière dans l'Ardèche, dont l'intégrité traditionnelle, les mœurs sévères constituaient une des forces vitales de l'ancienne société française. Sa mère appartenait à l'une de ces familles honorables qu'on trouve en si grand nombre dans le haut commerce de Lyon.

Jean-Pierre Suchet père, qui se sentait du penchant pour les affaires, vint se fixer à Lyon, et y créa une manufacture de soierie, très-modeste d'abord, mais qui bientôt prit de grands accroissements, et étendit au loin ses relations. Il trouva en lui seul ce que tant d'autres ne trouvent que dans la position de leur père ou dans l'obligeance de leurs amis. Étranger à Lyon, éloigné de sa famille, avec des ressources pécuniaires bien faibles, il ne puisa sa force qu'en lui-même. Son intelligence féconde sut inventer chaque année ces fins et riches tissus par lesquels se fait admirer l'industrie lyonnaise. C'est ainsi qu'il devint un manufacturier très-habile et très-considéré pour ses utiles découvertes. Il avait étudié pendant plusieurs années les principes et les théories de sa profession. Il ne tarda pas à porter ses affaires au plus haut point de prospérité, et à jeter dans sa ville d'adoption les fondements de sa réputation de négociant. Sa loyauté et sa probité devinrent proverbiales.

Il se vit bientôt en relation avec les premières maisons de la ville ; et cette connaissance le mit dans la cas de s'allier à l'une des familles les plus respectables et les plus honorées de la cité. La jeune fille qu'il épousa était une des plus belles personnes de son temps. Le ciel ne tarda pas à répandre ses bénédictions sur ce mariage, en donnant à ces jeunes époux deux fils : Mordon-Gabriel-Catherine, et Louis-Gabriel, le héros que nous célébrons.

Jean-Pierre Suchet et Louis Jacquier eurent cela de commun que l'un et l'autre n'eurent jamais l'intérêt pour mobile de leurs actions et de leurs travaux. On pourrait citer mille traits de leur désintéressement et de leur élévation d'âme. Mais une modestie grave et douce, compagne ordinaire du vrai mérite, se révélait dans leur maintien comme dans leurs discours. Leurs qualités morales étaient à la hauteur de leurs facultés intellectuelles. Excellents citoyens, bons pères, tendres époux, amis dévoués, ils s'oubliaient toujours eux-mêmes, et semblaient mettre leur gloire à faire le bonheur de tous ceux qui les entouraient. Maîtres justes et doux, pères des pauvres, hommes vertueux dans toute l'étendue de l'expression, et affables pour tous, on ne pouvait s'empêcher de les aimer en les voyant.

Ces deux hommes, également honorables et entourés de tous les honneurs de leur profession, menaient de front les arts, le commerce et les affaires publiques ; les uns les délassaient des autres. Ils siégèrent dignement dans les assemblées de la cité. Leur candidature y était toujours accueillie avec la plus vive sympathie ; c'est ainsi qu'ils remplirent les fonctions de conseillers de la ville, qu'ils eurent un siége à la Conservation, très-ancienne juridiction qui décidait des affaires de commerce, et qu'ils furent administrateurs des hospices. Ils ont laissé dans l'esprit de leurs compatriotes des souvenirs que le temps n'a point encore effacés. On trouve ces souvenirs consignés de 1764 à 1785, dans les annales de la cité.

Suchet père, voulant jouir d'une fortune noblement acquise, acheta une maison de plaisance sur les bords de la Saône, à Saint-Rambert-l'Ile-Barbe, qu'il prit soin d'embellir pour ses heures de loisir. Cette résidence d'été, appelée la *Mignone*, est encore de nos jours regardée, avec la villa la *Sauvagère*, sa voisine, comme l'une des plus jolies maisons de campagne de cette verdoyante ceinture d'ombreuses résidences qui entourent si coquettement la reine du commerce et des arts (**1**).

'1) Ces villas sont encore toutes peuplées du souvenir de Suchet, d'Am-

Les premières années de Louis–Gabriel Suchet s'écoulèrent à la villa de la *Mignone*, si digne de cette douce appellation. Cette nature poétique impressionna de bonne heure l'imagination de l'enfant. Le souvenir de ces lieux se fondit dans son esprit avec celui des deux personnes qu'il aima le plus : sa mère, la plus profonde affection de son cœur, et une dame Tourret, gouvernante dans la maison.

Mme Suchet, remarquable par la noblesse de ses sentiments, par la douceur de ses mœurs et la sévérité de ses principes, était attachée aux anciennes traditions et avait un caractère qui imprimait le respect. Le jeune Suchet avait reçu de la nature la maturité de son père et les grâces de sa mère. Cultivé sous le toit natal comme un fruit précieux, il y fut élevé jusqu'à l'âge de dix ans par cette raison de père et cette tendresse de mère qui se retrouvèrent tout entiers plus tard dans son âme, dans son caractère et dans ses belles actions. Il étincelait de grâce et d'intelligence. Son extérieur aimable prévenait tout le monde en sa faveur; et quand on était à portée de connaître son caractère naissant, il fallait aimer la beauté de son naturel.

Il ne connut que bien peu de temps les baisers et les soins maternels. La dame Tourret, gouvernante, remplaça auprès

---

père, de Poivre, de Soufflot, de Morand, etc., etc., de même que l'Ile-Barbe est toute jonchée de belles ruines abbatiales et féodales, cette île riante à laquelle les Lyonnais aiment reporter leurs premiers rêves de bonheur.

On était loin naguère de pressentir que ces paysages, devenus plus gracieux et plus pittoresques que jamais, seraient un jour dépoétisés. Hélas ! oui, déjà les chemins de fer commencent à attrister les charmants coteaux de la Saône, emportant avec la rapidité de la foudre les antiques traditions et les merveilleuses légendes des populations qu'ils vont traverser bientôt. Les machines à vapeur saliront de leur fumée noirâtre l'azu du plus beau ciel, et les lignes droites des routes de fer couperont les gracieuses ondulations des sentiers de notre jeunesse.

de lui cette mère pieuse, qu'une cruelle maladie avait enlevée avant le temps, et justifia le choix qu'on avait fait d'elle
par la manière dont elle sut élever le jeune Suchet. Elle l'aimait à cause de sa mère et aussi à cause de lui-même. Elle
continua à cultiver dans l'enfant les qualités de l'âme et les
dons de l'intelligence. Une sympathie expansive rapprocha
le jeune élève de sa seconde mère.

L'affection du jeune Suchet se porta naturellement vers
cette femme d'un caractère antique, qui lui montrait tant de
sollicitude, qui l'initiait à ces premières impressions de la
vie, toujours ineffaçables, et continuait dignement la mère
selon la nature. De si bonnes leçons portèrent leurs fruits,
car elles germaient dans le naturel le plus propre à les recevoir, et le souvenir en resta dans la mémoire du jeune élève.
Lorsqu'il fut promu au grade de général, il conserva toujours l'attachement le plus tendre pour sa gouvernante,
et, à l'époque de la consulte cisalpine tenue à Lyon, il la
présenta à Napoléon en lui faisant le tableau des soins, des
avis salutaires qui l'avaient guidé pendant sa jeunesse; il
faisait hommage de tout son mérite à cette femme rare. Ce
n'était pas là le compliment puéril de l'écolier ni le souvenir
tardif de l'homme fait, ou du vieillard qui aime à se pencher
du côté de son berceau; c'était le langage cordial de l'honnête homme qui, sûr désormais de sa route, serre la main
qui l'a conduit d'abord.

L'éducation préparatoire du jeune Suchet aux études clas-
siques dura jusqu'à sa onzième année. Vers ce temps-là, on
chercha un collége où les principes moraux et religieux qui
avaient été si chers à sa mère, fussent associés à un enseigne-
ment fort et à un régime paternel. On trouva tout cela dans
une maison d'éducation qui jouissait de quelque réputation
dans la contrée : c'était le collége de l'Ile-Barbe, dépendant
du village de Saint-Rambert, dirigé par M. Reydelet, hom-

me de mérite et de talent. Ses parents l'y placèrent avec
d'autant plus d'empressement qu'on ne voulait pas l'éloigner
de la villa la *Mignone* qui n'était séparée du collége que
par le cours de la Saône. Là les plus heureux dons de la nature ne tardèrent pas à se développer en lui. Doué qu'il était
d'un naturel ardent, son imagination ne le portait pas toutefois au-delà des amusements de son âge. Quoique doux dans
son enfance, il avait une certaine opiniâtreté qu'on surmontait
en le piquant d'honneur; avec le mot de gloire on obtenait tout
de lui. L'injustice exaspérait son caractère, qu'une émotion
tendre ramenait facilement. Il avait quelque aversion pour
le latin, mais il l'apprit bien vite quand on lui eût fait comprendre que cette langue ouvre aux enfants les trésors du
passé et promène leur esprit et leur cœur sur de beaux souvenirs et de grands exemples. Il manifesta une intelligence
vive et souple, une mémoire heureuse, un goût prononcé
pour l'histoire. Ce fut dans ce genre d'études qu'il remporta
un premier prix à la fin d'une de ses années scolaires. Doué
d'une mémoire excellente, il récitait sans se tromper tout
un livre de l'*Enéide* de Virgile. Il se plaisait à la lecture
du Tasse. Les *Commentaires* de César sur la guerre des
Gaules étaient son ouvrage de prédilection. L'amour de
la gloire se révéla de bonne heure en lui; il se montrait
plein d'enthousiasme pour les morts héroïques, pour la bravoure des grands capitaines de l'antiquité, dont Plutarque
retrace la vie. Ces généreux instincts pouvaient à eux seuls
déceler dans l'élève du collége de l'Ile-Barbe les germes d'un
héros, car, vif et distrait, il encourait quelquefois des repro-
ches; mais la franchise de son caractère, la droiture de ses
sentiments lui assuraient toujours l'indulgence de ses maîtres. Cette indulgence était d'autant plus facile à obtenir,
que des succès marqués continuaient à le signaler dans ses
classes. Il remporta plusieurs prix en seconde et en rhéto-

rique. Pendant la durée de ses études, les plaisirs de la famille appelaient régulièrement, le jeudi et le dimanche de chaque semaine, le jeune Suchet, en même temps que son frère, à la villa la *Mignone*. Les scènes joyeuses de la vie intime se renouvelaient alors dans cette charmante retraite. C'est là que s'écoulèrent ses premières années au sein d'une des familles privilégiées qui sont comme des sanctuaires où ne pénètrent que les nobles pensées. D'autres ont fourni à l'Etat des savants, des magistrats et des artistes ; celle-ci lui promettait un grand capitaine. Toutefois le jeune Suchet allait se préparer, par l'étude des affaires de commerce, à succéder à son père. Mais, plus tard, il devait prendre sa place dans un rang plus distingué, car en même temps il voulait être soldat ; il rêvait encore l'attrait des batailles ; tous les dangers allaient plaire à son courage.

Suchet atteignit ainsi l'âge de dix-sept ans. Dès qu'il eut fini ses exercices de collège, son père qui le destinait à soutenir un jour son brillant commerce, lui fit apprendre la théorie de la fabrication des soies. Les excellentes dispositions de ce jeune fils firent espérer à sa famille qu'il répondrait comme il le devait à ses désirs. Son père à qui l'âge allait bientôt commander le repos, commençait à redouter le souci et les embarras du négoce. Il eût été heureux de trouver dans ce fils chéri un digne continuateur. C'est pourquoi il mettait tous ses efforts à lui ouvrir la carrière large et belle, et à l'y diriger. La crainte de déplaire à ce père plein de tendresse, fut le motif déterminant qui conduisit le fils au fond des comptoirs paternels, alors établis dans la rue Clermont. Le jeune homme s'efforçait d'acquérir toutes les connaissances nécessaires pour se distinguer dans cette profession. Mais à peine deux ans s'étaient-ils écoulés que la famille eut la douleur de perdre ce chef vénéré, qui

fut enlevé le 14 janvier 1789 à l'amour et au respect d'un
enfant qui ,plus tard, allait payer avec de la gloire les dettes de
son cœur, immortaliser le nom de Suchet, et faire de la villa
la *Mignone* une illustre demeure. Suchet, encore dans l'âge
de l'adolescence, resta seul dans cette maison où il avait
tant reçu et tant perdu. La sagesse suppléa en lui les années ; la famille de son père et de sa mère, reconnaissant
qu'il avait les qualités pour se bien conduire et sagement
administrer ses biens, s'empressa de le faire jouir des avan-
tages que les lois accordèrent toujours aux mineurs éman-
cipés. Suchet put continuer ainsi les affaires commerciales,
dont il sembla accroître la renommée, comme son père
l'avait présagé en mourant. Il conserva avec son frère le
commerce paternel sous la raison sociale de Suchet frères.
Leurs comptoirs furent alors transférés dans la maison To-
lozan, port Saint-Clair. Mais pour qui connaissait les instincts et le caractère du jeune négociant, il était facile de s'a-
percevoir que le négoce n'était point conforme à ses goûts
et à ses penchants. Il aimait autre chose et brûlait d'une
autre ambition. Naturellement plein de grâces, l'air ouvert,
la physionomie noble, le regard doux et pénétrant, avec
des cheveux noirs, longs et soyeux, flottant sur les joues, on
ne le voyait pas avec indifférence. Lorsque le sommeil descendait sur ses yeux, ses batailles futures se levaient dans
ses songes. Les parents et les amis qui lui restaient, et sa
gouvernante y croyaient. Toutefois ceux-ci s'efforçaient de
lui rappeler l'exemple de son père et ses travaux dans un
commerce honorable et opulent.

Deux années se passèrent ainsi ; alors la révolution éclatait
et prenait le jeune négociant au milieu du bouleversement
universel. Elle lui communiquait, comme on peut le penser,
toutes les impressions de cette époque pleine d'énergie et de
patriotisme ; il saluait avec transport les premières heures

de ce foyer terrible, qui, après avoir tant éclairé, allait tant consumer et tant détruire : en ce moment, l'*illusion féconde* et cette confiance qui accompagne souvent la loyauté lui faisaient croire, comme à bien d'autres, qu'il s'agissait de supprimer les abus et non pas de renverser les institutions. Il n'imaginait point que, pour élaguer les branches mortes d'un arbre séculaire, on dût porter la hache dans ses racines; mais il s'était arrêté quand il avait vu le reste. Il savait qu'il faut être honnête homme avant que d'aspirer à la gloire de grand homme : l'honneur ne se trompe jamais de chemin.

L'amour de la gloire, les dangers de la patrie et le goût des armes l'emportèrent dans l'âme de Suchet sur la vocation commerciale; la vie sédentaire du fabricant ne pouvait plus contenir cette flamme et cette énergie. L'invasion appelait à l'armée tout ce qu'il y avait encore en France de jeune et d'honnête. Suchet y courut et s'engagea dans la cavalerie lyonnaise.

Malgré sa jeunesse, car il entrait dans sa vingt-unième année, il faisait partie de la cavalerie nationale que le département du Rhône envoyait à la frontière. La guerre venait d'éclater en 1792. Elle appelait les jeunes soldats enrôlés, et elle allait faire ressortir la bravoure et l'aptitude du jeune volontaire. En quelques mois, il passait par les grades de brigadier, de maréchal-des-logis et d'officier. La Révolution mit d'abord quelque discernement dans ses choix. Chaque compagnie, devenue une espèce de République militaire, avait le droit d'élection et désignait ses officiers. C'est ainsi qu'à la fin de l'année Suchet passait capitaine d'une compagnie franche de l'Ardèche, berceau de sa famille, puis chef du 4e bataillon de ce même département.

Toulon avait, en 1793, ouvert ses ports aux flottes anglaises. Suchet fut employé au siège de cette ville. Il y commandait à la tête de son bataillon. Bonaparte qui avait tout récemment servi sous le général Carteau, à Avignon, fut appelé au conseil militaire qui délibérait sur les moyens de reprendre la ville et d'en chasser l'ennemi : il soutint qu'il fallait s'emparer du fort de Margrave, bâti par les Anglais sur les hauteurs du Caire, et placer sur les deux promontoires l'Eguillette et Balaguier des batteries qui, foudroyant la grande et la petite rade, contraindraient la flotte ennemie à l'abandonner. Tout arriva comme Bonaparte l'avait prédit : on eut une première vue des destinées de celui dont la valeur allait plus tard faire trembler l'Europe.

C'est à ce siége que s'ouvrit réellement la carrière militaire du jeune Suchet. De là aussi date la première gloire de son nom, car il y déploya un sang-froid et une intrépidité dignes des plus grands éloges. Le général anglais, Ohara, qui commandait en chef la place, ayant tenté une sortie à la tête de six mille hommes pour détruire les dangereuses batteries qu'avait établies Bonaparte, fut tout à coup jeté dans la plus grande surprise par la subite apparition du chef de l'artillerie, et fait prisonnier par le chef de bataillon Suchet. Ce brillant fait d'armes, exécuté avec tant d'audace et de succès, eut alors un grand retentissement. Bonaparte dut voir dans Suchet un autre lui-même, et il s'attacha plus tard ce frère d'armes qui portait bonheur à ses desseins dès le début de sa carrière. Dès lors, l'amour de la gloire allait faire un guerrier, et la victoire un général du jeune chef de bataillon de l'Ardèche, comme le ciel allait donner à quelques années de là le nom de Napoléon au jeune chef d'artillerie Bonaparte.

Ce fut dans cette année que la nouvelle du supplice de Louis XVI arriva aux armées et produisit dans tous les rangs une consternation profonde. Soldats et officiers repoussaient toute communauté de principes avec le système sanglant qui

avait choisi pour première victime la plus noble, la plus au-
guste. Le souvenir glorieux de tant de siècles de monarchie
ne s'était pas encore effacé des cœurs (1).

La Terreur avait éclaté alors ; on se demandait si la dernière heure de la civilisation était venue. Les Français, hommes, femmes et enfants, montraient qu'ils savaient mourir
pour leurs croyances, pour leurs droits. La Révolution, après
avoir dévoré tous ceux qui avaient espéré la dominer, cessa,
et la chûte de la Terreur avec elle. Généraux, officiers et
soldats applaudirent au renversement d'un régime qu'ils
abhorraient ; d'un régime qui les avait laissés dans le dé-
nûment, et qui exigeait le succès sans tenir compte du nombre des victimes ; d'un régime qui avait si souvent brisé la
victoire entre leurs mains, et qui exposait aux chances de l'é-
chafaud tous ceux qu'il condamnait à l'avancement. L'armée
à cette époque était républicaine, parce que la République
s'était identifiée à ses yeux avec la passion de l'indépendance
nationale, comme plus tard Napoléon fut son idole, parce

(1) La mort de Louis XVI jetait la France dans une situation où, de
toute nécessité, beaucoup de sang devait couler. Un souverain est le symbole sacré de tout l'ordre social. Le jour où l'on a pu y attenter, c'est
qu'une sorte de délire a dissout la société, et aucune vie n'a plus la sau-
vegarde de la justice et de l'humanité. De là vient qu'au souvenir de
Louis XVI se réunit et se confond le souvenir de cette foule de victimes
sacrifiées par la Révolution. Leur mort se rattache à la sienne, et il se présente à notre imagination comme le chef de cette légion de martyrs qui
ont péri dans les mauvais jours. Le culte rendu à sa mémoire embrasse et
consacre le culte que tant de familles doivent aux parents que l'échafaud
leur a ravis. C'est un deuil à la fois national et domestique.

Ces sentiments de vénération ne tardèrent pas à se manifester. Dès que
le glaive de la Terreur fut brisé, dès qu'on put se reconnaître et se parler,
il y eut un accord unanime sur cette fatale journée. La mort du roi était
une parole qu'on ne prononçait qu'avec tristesse et respect. Son image, son
testament se voyaient jusque dans la demeure du pauvre.

qu'il avait personnifié en lui le sentiment de la gloire. Mais elle avait en horreur le despotisme sanglant et inquisitorial des tribuns audacieux qui s'étaient emparés du pouvoir, et auxquels néanmoins elle n'avait cessé d'obéir par dévoûment au salut de la patrie. Le patriotisme alórs défendait le sol, sans se mêler aux factions de l'intérieur, indigné des crimes de 1793.

Suchet, ayant passé à l'armée d'Italie en 1794, prit une part active aux combats de Vado, de Saint-Jacques et à tous ceux qui furent livrés par la division Laharpe. A la bataille de Loano, les 22 et 23 novembre 1795, il enlevait à la tête de son bataillon trois drapeaux aux Autrichiens.

En 1796, le 4e bataillon de l'Ardèche fit successivement partie de la 211e, de la 69e et enfin de la 18e demi-brigade, et Suchet combattit sous les ordres du général Augereau, à Cossarria, à Dégo, à Lodi et à Borghetto.

Etant ensuite passé dans la division Masséna, il se distingua aux batailles de Rivoli, de Castiglione, de Donata, de Peschiéra, de Saint-Marc, de Trente, de Bassano et d'Arcole. Il se montra surtout à la journée de Céréa, près d'Arcole, où son intrépidité lui faisant braver tous les périls, *il y fut glorieusement blessé en combattant à la tête de son corps,* dit le bulletin du général en chef Bonaparte.

Déjà du versant méridional des Alpes arrivaient ces proclamations au style plein d'images, qui révélaient l'apparition d'une gloire nouvelle. Les échos des Apennins répétaient le nom presque inconnu encore de Bonaparte, et les soldats du Rhin, sous leurs tentes, et les paysans, sous leurs toits de chaume, dans les veillées, écoutaient avec enthousiasme les premiers récits des victoires de Montenotte, de Millésimo, de Mondovi et de Lodi.

Toujours actif, infatigable, à peine fut-il rétabli qu'il fit la belle et mémorable campagne qui décida le traité de Campo-

Formio. Par ce traité, le jeune général Bonaparte s'était refusé la gloire d'une nouvelle campagne pour donner la paix à sa patrie. Aussi la joie fut-elle au comble dans Paris, surtout lorsqu'on sut que les conditions de la paix étaient avantageuses.

A la bataille de Tarvis, qui eut lieu le 4 mars 1797, Suchet justifia sa renommée par son courage et sa prudence ; il y fut encore blessé. Masséna le combla d'éloges et pour prix de sa belle conduite lui confia la mission de porter au général en chef Bonaparte les drapeaux conquis dans cette journée.

Celui-ci vit arriver à son quartier-général un jeune guerrier, Suchet, qui allait bientôt égaler en talents militaires les plus habiles généraux de l'époque. Il accueillit le lieutenant de Masséna avec les marques de la plus haute distinction, lui prodigua les témoignages de l'affection la plus vive, lui dit qu'il regardait les trophées apportés par lui comme un gage assuré d'autres victoires. Ils passèrent quelques heures dans un entretien intime. Suchet fit un récit circonstancié de la bataille de Tarvis. Bonaparte, à son tour, le félicita sur le brillant fait d'armes qui lui avait valu une glorieuse blessure de plus. Dès cette première entrevue, des sentiments d'une estime réciproque et d'une sympathie profonde unirent les deux héros. L'un céda aux séductions du génie et d'une grâce non moins puissante, l'autre se montra fier du prestige qu'il exerçait sur celui qui allait bientôt devenir l'un des plus illustres chefs des armées. Bonaparte ne tarda pas à discerner en Suchet l'amour des grandes choses, la noblesse du caractère, des qualités éminentes, la modestie qui en sait voiler l'éclat ; et Suchet, de son côté, s'aperçut que le sang des Alexandre et des César commençait à bouillonner en Bonaparte. Celui-ci le fit ensuite monter à cheval à ses côtés, et se plut à le montrer à l'armée. Cette réception et cet entretien avaient jeté l'âme de Suchet dans une sorte d'enivrement.

A quelque temps de là, encore atteint d'une balle à l'épaule gauche, au combat de Neumark, en Styrie, il fut nommé chef de brigade sur le champ.de bataille, à la suite d'une action d'éclat.

De là il fut envoyé en Suisse, pénétra dans le pays de Vaud, traita, au nom du général de division Ménard, avec les envoyés de Berne et de Fribourg ; il concourut à la prise des postes importants de Morat et de Gumine, à la capitulation de Fribourg, et enfin au combat qui eut lieu à Seuvine, après lequel l'armée s'avança sous les murs de Berne, et opéra sa jonction avec les troupes venues du Rhin. La brillante conduite de Suchet lui valut alors l'honneur d'être député à Paris pour offrir au Directoire les vingt-trois drapeaux pris à l'ennemi. Cette distinction lui fit obtenir des armes d'honneur, et le brevet de général de brigade.

Après avoir rempli cette honorable mission, il retourna à l'armée, où peu de temps après il fut désigné pour l'expédition. d'Egypte, dont il ne devait cependant point faire partie.

Depuis longtemps l'imagination du vainqueur de l'Italie rêvait des expéditions triomphales au fond de l'Orient, berceau de la civilisation du monde, où la gloire des conquérants resplendit dans la nuit des âges ; la possession d'Alexandrie et de Constantinople, ces deux clefs de l'empire des Indes. pouvait réaliser les vastes desseins que formait l'ambition de Bonaparte. Déjà, pendant les négociations d'Udine, il avait fait venir de Milan les livres de la bibliothèque ambroisienne relatifs à l'Egypte, et les annotations que sa main y a laissées ont permis de suivre le cours de ses pensées. On a vu quels soins il s'était donnés pour créer des rapports et des amitiés en Grèce, en Albanie et dans l'Asie-Mineure. Par le traité de Campo-Formio, qui nous assurait la cession des îles vénitiennes de Corfou, de Zante, de Cérigo, de Céphalonie, il avait déjà porté vers le Levant la puissance de la France. Les rêves d'une gloire orientale, la conquête d'un immense

2

empire, l'agrandissement indéfini du système colonial et maritime de la France, tel était l'attrait que présentait le ciel de l'Orient à Bonaparte. Ce général en chef eut de longs obstacles à vaincre, de rudes assauts à livrer, pour fléchir les esprits froids et positifs du Directoire, pour arracher leur consentement à une entreprise aventureuse, qui exposait à tous les hasards une flotte et une armée françaises. Il sut persuader et convaincre, et obtint enfin les arrêtés qui l'investissaient de tous les pouvoirs nécessaires, sur terre et sur mer, pour l'exécution de ce gigantesque projet. Ces arrêtés *en confiaient le secret à son patriotisme, et le succès à son génie et à son amour pour la vraie gloire*, suivant les expressions du message signé par Laréveillère, Merlin et Barras.

Bien que ce projet ne parut alors qu'une de ces idées vaines et chimériques dont les imaginations ardentes aiment parfois à se bercer, il y avait là un avenir plus agréable que les attraits que pouvaient offrir le ciel brumeux, la civilisation positive et prosaïque de l'Angleterre, alors qu'on venait de faire d'immenses préparatifs d'une descente dans cette île. N'était-ce pas se préparer avec cette puissance une lutte terrible, incertaine, les chances d'une invasion qui aurait tout au plus la durée du mouvement de la vague que la tempête jette sur le rivage ?

Au contraire, conduire sous un nouvel Alexandre des troupes qui rappelleraient les exploits des phalanges macédoniennes, dans ces régions des merveilles chantées par les poètes, voilà qui semblait à Suchet la plus belle des destinées. Il embrassa les desseins de Bonaparte, mais certaines circonstances vinrent changer sa destination.

L'armée d'Italie était menacée d'une désorganisation complète, et Suchet, tête réfléchie, déjà consommé dans l'administration de la guerre, imperturbable en face des événements, expérimenté dans la guerre des montagnes, reçut contre-ordre, et fut nommé chef d'état-major du général en chef Brune. C'est par ses soins que la solde fut payée, la discipline raffermie, et l'on put remarquer dans Suchet une activité constante, une aptitude merveilleuse pour l'administration et l'organisation des corps. Il avait aussi le talent bien rare d'entraîner les troupes par son exemple, et de se les attacher, autant par sa fermeté dans le maintien de la discipline que par son empressement à signaler les actions du soldat et à exalter son ardeur pour la gloire.

Le Piémont donnait alors des inquiétudes pour la retraite de l'armée; Joubert ayant reçu l'ordre d'occuper ce pays à la fin de l'année 1798, Suchet, son chef d'état-major, prépara cette expédition qui, par ses soins éclairés, se termina sans effusion de sang. Sa conduite dans cette circonstance fit voir qu'il était l'homme de son siècle à qui le ciel avait accordé de meilleure heure la prudence. Il était alors parvenu à l'âge de 27 ans, et se trouvait dans cette situation flatteuse, pour un homme qui a l'âme élevée, de voir le chemin de la gloire ouvert devant lui et la possibilité de faire de grandes choses.

Au mois d'avril suivant, détaché de l'armée du Danube chez les Grisons, il défendit les positions de Davos, de Bergen, de Seplugen, battit l'ennemi qui l'entourait, rejoignit le gros de l'armée par les sources du Rhin, du Saint-Gothard, sans être entamé et en passant sur la glace du lac Oberlaps. On le croyait alors perdu. Masséna, en apprenant son retour, s'écria : « J'étais bien sûr que Suchet me ramènerait sa brigade ! »

Ce moment fut celui où Suchet donna une grande preuve de l'esprit d'ordre et de prévoyance qui ne l'abandonna jamais. Occupé à réorganiser l'armée, il se trouva en opposition avec les commissaires du directoire qui voulaient faire passer en France les fonds levés en Italie. Suchet qui employait utilement ses fonds à l'entretien de l'armée, s'y opposa. Cette lutte fit rendre contre lui, par un gouvernement ombrageux et faible, un décret par lequel il était menacé d'être porté sur la liste des émigrés s'il ne rentrait pas en France dans trois jours. Ainsi un général uniquement occupé de ses fonctions militaires, qui versait son sang pour son pays, qui était la terreur de l'ennemi et l'idole de l'armée, se voyait la victime d'une accusation terrible; car il faut se reporter à ces temps sinistres, à l'esprit de ces phases sanglantes, qui démoralisaient le pays et l'armée, pour apprécier le péril d'une pareille dénonciation.

Le brave Joubert, mécontent du rappel de Suchet, de la conduite du Directoire, indigné de l'injustice dont son ami était la victime, se sentit l'âme saisie de découragement; il quitta soudain le commandement et se retira dans sa famille. Mais, dès son arrivée à Paris, Suchet n'eut pas de peine à justifier les mesures qu'il avait prises; il fut presque aussitôt envoyé à l'armée du Danube. Le général Joubert apprit avec joie que, loin d'être destitué, son ami se voyait appelé à un service actif et important. Alors Suchet était le fidèle émule de gloire de Joubert : une vive sympathie les rapprochait l'un de l'autre; les services et l'union de ces deux hommes contrebalancèrent la désastreuse influence qui pesa un moment sur l'armée d'Italie. Ces deux vaillants guerriers mêlèrent trop peu de temps leur vie pour doubler leur force par l'attachement. Hélas! la mort, qui ne regarde point la renommée, allait enlever Joubert lorsque sa jeunesse et son caractère héroïque inspiraient les plus grandes espérances.

Schérer ayant fait une campagne désastreuse, Joubert reprit le commandement de l'armée d'Italie, et appela Suchet à la tête de son état-major, fonctions qu'il avait remplies sous Masséna. Le 9 juillet 1797, ce jeune guerrier alors âgé de 29 ans, fut nommé général de division sur la

demande de Joubert qu'il suivit en Italie. Ce fut dans les
champs de Novi qu'il reçut les derniers soupirs de son ami.

Cette mort avait vivement affecté Suchet qu'elle jeta dans
une sorte d'indifférence et de dégoût. Il continua son service sous Moreau et Championnet. Le général Bernadotte,
alors ministre de la guerre, et depuis roi de Suède, écrivait
au jeune Suchet cette lettre honorable dans laquelle il lui
disait :

« La patrie réclame vos secours, mon cher et brave ami ;
« n'abandonnez pas l'armée dans un instant où vos talents
« lui sont nécessaires. Championnet remplace Joubert :
« aidez-le de vos lumières, le bien public l'exige. »

Plus tard il se trouvait à cette bataille importante où le
vaillant Masséna sauvait la France à Zurich, comme Villars
l'avait sauvée à Denain. Gloire éternelle à ce grand capitaine qui exécuta, par la destruction des hordes du barbare
Suwarow, l'une des plus belles opérations dont l'histoire de
la guerre fasse mention, et qui nous sauva dans un moment
plus périlleux que celui de Valmy et de Fleurus!

Vers ce temps-là, on recevait en France des nouvelles de
l'expédition d'Egypte. Les bulletins de l'armée de Bonaparte,
sous des climats lointains, ouvraient à l'esprit de Suchet un
monde nouveau. Il avait presque assisté à l'embarquement
de Napoléon, adressant alors à ses soldats une proclamation
pleine de souvenirs : on eût dit d'Homère ou du héros qui enfer-
mait les chants du Méonides dans une cassette d'or (1). La nuit
Suchet, dans sa tente, relisait avec avidité ces fameuses proclamations aux pensées vastes, aux formes orientales qui
parlaient si vivement à l'imagination des peuples et subju-
guaient entièrement la sienne. Bonaparte était devenu l'objet
de toutes ses méditations. Le génie extraordinaire de cet

(1) Châteaubriand. Ses Mémoires.

homme, la rapidité de ses exploits, la hauteur de ses vues, la poésie de son langage, tout contribuait à remuer l'âme ardente de Suchet.

Telle était la réputation de Suchet que Bonaparte en chargeant, au 18 brumaire, Masséna du commandement de Championnet, lui donna le jeune général pour lieutenant. Ce fut alors qu'au premier rang, comme chef d'état-major général, il commença à s'y placer comme général d'armée : avec un faible corps de 8,000 hommes à peine vêtus, sans magasins ni ressources pour lutter contre 60,000 hommes commandés par le général Mélas, Suchet prit une part brillante aux résultats de la campagne connue dans l'histoire sous le nom de campagne de Gênes et du Var, non moins mémorable par les talents et la prodigieuse activité qu'il y déploya, que par l'inébranlable courage de ses troupes, au milieu des plus grands dangers et des privations les plus grandes. Séparé de la droite de l'armée par la prise de Saint-Jacques, il lutta pendant trente huit jours avec succès, et défendit pied à pied la rivière de Gênes. Les forces de l'ennemi l'ayant obligé à se retirer derrière le Var, il s'y retrancha et conserva une tête de pont. Les efforts de Mélas renouvelés pendant seize jours et soutenus par une escadre anglaise, échouèrent contre ses dispositions et la valeur de ses troupes. Par cette défense habile, il sauva d'une invasion le midi de la France et prépara le succès de l'armée de réserve qui se portait à Marengo. Dès ce moment, le général Suchet prit l'offensive. Il avait mis à profit la découverte du télégraphe employé pour la première fois à la guerre. Deux sections laissées par lui aux forts de Villefranche et de Mont-Alban, au milieu des Autrichiens, le prévinrent de leur marche incertaine. Suchet, jugeant avec un coup d'œil prompt et juste les intentions du général autrichien, fit ses dispositions pour ne pas lui laisser opérer sa retraite en sécurité. Il marcha vivement par la crête des montagnes , coupa les Autrichiens qui avaient suivi les bords de la mer; leur enleva 15,000 hommes ; 33 pièces de canon et 6 drapeaux. Masséna renfermé dans Gênes venait de capituler, après une immortelle résistance. Suchet qui l'ignorait et conservait l'espoir de dégager cette ville, traversa en peu de jours la rivière de Gênes; retrouva le long du rivage, aux environs de Savone, Masséna dont il avait été si longtemps séparé. Celui-ci permit à son lieutenant de passer l'Apennin, de se placer en avant d'Acqui, et lui ordonna de rester dans cette position, observant, inquiétant l'armée autrichienne , demeurant suspendu sur sa tête comme une menace perpétuelle. La défense du Var qui fut alors comparée à celle des Thermopiles, sauva le midi de la France et contribua à l'immortelle victoire de Marengo ; car la seule présence du général Suchet sur le sommet des Apennins contint le général Mélas, obligé de lui opposer un fort détachement qui, au moment de l'action, affaiblit beaucoup les forces de l'ennemi. Aussi le premier consul, quittant l'armée pour se rendre à Paris, donna-t-il à Suchet une grande marque de confiance en le chargeant d'occuper de nouveau Gênes et son territoire. Il maintint partout une discipline sévère et s'acquit l'estime et la confiance des habitants de cette malheureuse république.

La campagne s'étant rouverte après les six mois de l'armistice stipulée dans la célèbre convention d'Alexandrie ; Suchet obtint le commandement du centre de l'armée d'Italie, composée de trois divisions, fortes de 18,000 hommes. Le passage du Mincio devint alors de la part de Suchet le théâtre d'une stratégie si extraordinaire, d'une victoire si décisive, d'inspirations si heureuses, qu'on peut dire qu'il en fut le héros; il y accrut considérablement sa renommée. Il y secourut et y dégagea le général Dupont compromis par l'impatience d'un succès imprudemment poursuivi et exposé

á un grave péril. Ce fut dans cette affaire que Suchet entraîné
par un noble mouvement de cœur, brava la responsabilité
qu'il pouvait encourir en cas d'échec, et ne vit que des Français en danger ; il vola à leur secours, et non seulement dégagea Dupont, mais encore l'aida à repousser les Autrichiens
commandés par Bellegarde qui nous abandonna sur le champ
de bataille de Pozzolo 4,000 prisonniers et une partie de
leur artillerie. Pendant toute cette campagne, à Borghetto,
à Vérone, à Montebello, Suchet ne cessa de donner des
preuves de la plus éclatante bravoure et de la plus profonde
capacité militaire. Dès ce moment, la France compta un grand
homme de plus.

Pendant la paix qui suivit le traité de Lunéville, le général Suchet, l'ancien chef d'état-major de Brune, de Joubert,
de Moreau, de Championnet et de Masséna, après avoir ins-
pecté les troupes cantonnées dans le midi et dans l'ouest de
la France, oublia qu'il avait été l'égal de ses chefs, pour
demander le commandement d'une division. Cette division,
forte de cinq régiments d'infanterie, se fit remarquer au camp
de Boulogne par sa tenue, sa discipline et son instruction.
Elle devint la première du cinquième corps, sous les ordres
du maréclal Lannes, et soutint brillamment la réputation de
son chef.

Ce fut vers ce temps que Suchet fut envoyé en qualité de
gouverneur au château de Lacken, près Bruxelles, et qu'on
vit briller sur sa noble poitrine l'étoile de grand officier de
la Légion-d'Honneur.

Suchet, éclos sous le soleil de la république, allait voir se
lever l'astre de l'empire. Dans cette pléiade de guerriers,
dont l'épée avait fondé la grandeur de la république, un
homme resplendissait au-dessus de tous par l'éclat de ses
victoires, par la hardiesse de son génie. Général, plénipo-
tentiaire, législateur, il avait anéanti déjà toutes les armées

qui lui avaient été opposées, conclu les traités les plus avan-
tageux, déjoué les ruses des négociateurs les plus habiles,
créé, organisé des états; cet homme qui devait exercer une
si grande influence sur sa patrie, était Bonaparte. Il marchait insensiblement vers le trône, et allait devenir peu à peu
Napoléon.

Il faut ordinairement qu'à la suite de ces grandes crises
politiques, survienne un personnage extraordinaire, qui par
le seul ascendant de sa gloire comprime l'audace de tous
les partis, et ramène l'ordre au sein de la confusion. Il faut,
si j'ose le dire, qu'il ressemble à ce Dieu de la fable, à ce
souverain des vents et des mers, qui, lorsqu'il élevait son
front sur les flots, réduisait au silence toutes les tempêtes
soulevées. Tel fut l'homme extraordinaire qui reçut du ciel
le nom de Napoléon! Il fit taire les rugissements des passions
populaires, au milieu du fracas des armes et des chants de
la victoire. Il entreprit contre la licence des partis une lutte
non moins pénible et non moins glorieuse.

Il faut convenir que les armées françaises triomphèrent
parce que tous les rangs brûlaient d'un amour ardent pour la
patrie, amour devant lequel tout autre sentiment s'effaçait.
C'est en invoquant le nom sacré de la patrie que nos bataillons se précipitaient sur les bataillons ennemis et supportaient
sans murmure les privations de tout genre. L'écho lointain
des déchirements des partis n'arrivait qu'affaibli à leurs oreil-
les, et le bruit du canon étouffait les gémissements des victimes de l'échafaud, victimes trop fières d'ailleurs et trop fa-
talement résignées pour solliciter la pitié.

Une école tristement célèbre, démentie par les chroniques,
les traditions, les mémoires, les rapports des généraux de la
République, cette école, qui n'a puisé ses inspirations que
dans les déclamations de Barrère et dans celles des clubs du
temps, a voulu déifier la Terreur et l'a représentée comme

une nécessité providentielle, à laquelle le pays fut redevable de son salut. Erreur fatale ! mensonge politique dont l'histoire fera justice ! La France triompha malgré la Terreur, malgré la Convention, qui prenait à tâche de multiplier les obstacles et qui soulevait le monde entier par ses attentats. Si nos pères eurent à subir au-dedans l'oppression la plus sauvage et la plus tyrannique dont les annales des peuples fassent mention, en même temps qu'ils déployaient tant de courage et d'énergie envers l'étranger, le secret de ce contraste ressort d'un des traits historiques de notre caractère national : à toutes les époques de péril, la France sacrifia la liberté à l'indépendance, et les invasions y favorisèrent toujours les dictatures. Robespierre, qui régnait encore au commencement de 1794, tomba le jour où les citoyens cessèrent de craindre pour l'intégrité du territoire.

Il n'y a pas plus de cinq ans que nous étions courbés sous une dictature républicaine ; mais la France, revenue de sa stupeur, s'est hâtée d'en secouer le joug. C'est que la France ne se laisse conduire aux révolutions qu'à son insu ; mais dès qu'elle voit face à face une révolution nouvelle, alors elle la prend en haine et s'en épouvante. Elle n'a plus que des imprécations contre tous ceux que, la veille, elle écoutait avec une confiance hébétée.

A l'aurore de l'Empire, la guerre d'Allemagne vint offrir à Suchet un nouveau champ à ses exploits et à sa gloire. Dès l'ouverture de la campagne de 1805, sa division devint la 1re du 5e corps de la grande armée, commandée par le maréchal Lannes ; elle se distingua à Ulm et à Hollabrum.

A Austerlitz, elle enfonça la droite de l'armée russe et la sépara du centre. C'est là que Suchet se signala par une manœuvre aussi hardie que savante : tout en dirigeant sur les Russes ces feux tranquilles et sûrs que nos troupes, aussi instruites qu'aguerries, exécutaient avec une extrême précision, il fit admirer sa marche en échelons par régiment, aussi tranquillement qu'à l'exercice, et cela sous le feu de cinquante pièces de canon. Dans cette grande journée, Suchet reçut en récompense de ses services le grand-cordon de la Légion-d'Honneur et une dotation de vingt mille francs de rente.

Dans la campagne de Prusse, sa division remporta le premier avantage à Saalfeld. Les Prussiens purent juger de ce qu'il fallait attendre de sa valeur, car la consternation se répandit de Saalfeld à Iéna et à Weimar.

Il eut la principale part au gain de la bataille d'Iéna, où il commença l'attaque et déploya des prodiges de valeur. Napoléon y fit camper la division Suchet en un carré de quatre mille hommes, et établit son propre bivouac au centre de ce carré, près du Landgrafenberg. C'est depuis lors que les habitants du pays ont appelé cette hauteur le Napoléon-berg, en marquant par un amas de pierres brutes l'endroit où ce personnage populaire partout, même dans les lieux où il ne s'est montré que terrible, passa une nuit mémorable.

La division Suchet se signala de nouveau en Pologne, où elle résista seule à l'armée russe, au combat de Pultuck. *J'ai combattu contre une armée entière*, écrivait le général russe Berningsen dans son Rapport officiel ; il croyait avoir eu affaire à toute l'armée française. Suchet battit ce général une seconde fois à Ostrolenka. Blessé dans la première de ces affaires, il se montrait quelques jours après à la tête de sa division.

Lorsque la paix de Tilsitt eut été signée, le 8 juillet 1807, il fut chargé, de concert avec les généraux russes comtes Tolstoï et de Wittgenstein, de fixer la dernière ligne de démarcation des frontières du nouveau grand-duché de Varsovie. Il commanda ensuite le 5e corps, qu'il fit cantonner en Silésie, où ses troupes observèrent une discipline si parfaite, que les habitants en ont conservé le plus reconnaissant souvenir.

En 1808, le roi de Saxe, pénétré d'une estime particulière pour les hautes qualités de Suchet, le nomma commandeur de Saint-Henri de Saxe.

La même année, il fut créé comte de l'Empire.

C'est dans ce temps que se place un entr'acte de la vie militaire de Suchet, entr'acte pendant lequel il fit alliance avec la famille du baron de St-Joseph, maire de Marseille, l'une des plus distinguées de cette ville. Il obtint la main de Mlle d'Anthoine sa fille, nièce par sa mère de MM^{lles} Clary, qui unirent leur sort, l'une à Bernadotte, roi de Suède, et l'autre à Joseph Bonaparte, roi d'Espagne. Le chef de cette modeste et honorable famille de Suchet, déjà grandie, touchait ainsi à tout ce qu'il y avait d'illustre dans nos temps modernes.

Le bonheur domestique lui fut largement départi dans cette union qui répandit sur sa vie entière un parfum de félicité intime et profonde. Mlle d'Anthoine, jeune et belle, admirée de tous, adorée de son époux, instruite, pieuse, était l'une des plus pures, des plus rares et des plus gracieuses figures de femme sous l'Empire. Modeste et dévouée, son amour pour le maréchal ne dégénéra jamais en amitié. Elle était la consolation et l'encouragement de ses pensées. Pleine d'enthousiasme pour les grandes choses, d'attrait pour les grands hommes, de confiance dans les grandes pensées, elle imprimait au cœur de son époux l'héroïsme qui vient du cœur et le merveilleux qui vient de l'imagination. Elle inspirait, il exécutait. L'une trouvait sa récompense dans la renommée de son époux, l'autre sa gloire dans l'admiration et l'amour de sa femme. A travers ses campagnes elle le suivait de ses vœux, de ses inquiétudes, de sa personne même, et, au milieu des batailles, elle était heureuse de voir grandir son nom et fière de sa gloire.

Après avoir contemplé les nobles exploits de cet illustre

guerrier en Italie, en Autriche, en Prusse, en Russie, il faut nous transporter sur un théâtre différent pour y être témoin d'un spectacle fort différent aussi : la Providence, si riche en contrastes, va nous montrer un autre esprit, un autre caractère, une autre fortune, et, pour l'honneur de notre pays, des soldats toujours les mêmes, c'est-à-dire, toujours intelligents, dévoués et intrépides.

Dès les premiers jours de l'année 1808, tous les yeux étaient fixés sur la Péninsule, sur cette noble et grande nation espagnole, dont la gloire a rempli si souvent le monde, dont le patriotisme devait se produire malheureusement contre nous.

Un roi honnête, mais aveuglé par les soins les plus vulgaires, les moins dignes du trône, une reine plongée dans une vie dégradée, un favori vain, léger, incapable, consommaient dans l'insouciance et la licence les dernières ressources de Charles-Quint. Cependant l'Espagne avait été la première nation de l'Europe depuis la dernière moitié du XVe siècle jusqu'au commencement du XVIIe. Elle avait doté l'univers d'un nouveau monde ; ses aventuriers avaient été de grands hommes ; ses capitaines étaient devenus les premiers généraux de la terre ; elle avait imposé sa langue, ses manières et jusqu'à ses vêtements aux diverses cours ; elle avait régné dans les Pays-Bas par des mariages, en Italie et en Portugal par des conquêtes, en Allemagne par l'élection, en France par nos guerres civiles ; elle avait menacé l'existence de l'Angleterre ; elle avait vu nos rois dans ses prisons, et ses soldats à Paris ; sa langue et son génie nous avaient donné Corneille. Enfin l'Espagne, conquérante en Amérique et dans les Indes disait que le soleil ne se couchait pas sur ses états.

Au cinq mai 1808, le traité de Bayonne céda à Napoléon, au nom de Charles IV, tous les droits de ce monarque. On

blâmait l'entreprise qui allait être le résultat de ce traité tenu
secret pendant quelque temps, car elle semblait devoir ajouter de nouveaux poids au lourd fardeau dont l'empire était
chargé. On blâmait la forme qui n'était qu'une perfidie envers de malheureux princes hébétés et impuissants ; de toutes
parts on disait qu'il y avait là un gouffre où viendraient s'en-
fouir beaucoup d'argent, beaucoup d'hommes, pour un résultat fort incertain. Lorsqu'ensuite on venait à considérer
cette nation espagnole d'où allaient partir des cris d'une haine
implacable contre la France, l'inquiétude devenait extrême.
En voyant le nouveau roi Ferdinand VII obligé d'aller
chercher en France la reconnaissance de son titre royal, les
Espagnols avaient été promptement éclairés sur ce qui allait se
faire à Bayonne, et une haine ardente s'était tout à coup allu-
mée dans leurs cœurs. Tous, il est vrai, ne partageaient pas ce
sentiment au même degré. Les classes élevées et même les
classes moyennes, appréciant le bien qui pouvait résulter
d'une régénération de l'Espagne par les mains civilisatrices
de Napoléon, animées contre l'étranger de sentiments moins
sauvages que ceux du peuple, d'ailleurs moins portées que lui
à l'agitation, ne souffraient que dans leur fierté, vivement
blessée de la manière dont on entendait disposer de leur sort.
Cependant, avec des égards, un déploiement subit et irrésistible de forces, on les aurait contenues, et peut-être même
eût-on fini par les ramener. Mais le peuple fut jeté dans une
vive exaspération, ce peuple espagnol allait déployer pour
le soutien de l'ancien régime toutes les passions démagogi-
ques.

Mais on avait compté sur le génie de Napoléon, toujours
heureux, pour vaincre de nouvelles difficultés, on allait tout
attendre de ce génie extraordinaire. Le public habitué à la
guerre, habitué surtout sous ce maître tout puissant à dormir
au bruit du canon, dont les échos lointains ne faisaient que

présager des victoires, demeurait tranquille et confiant, malgré tout ce qu'avait de triste, de sinistre même, cette guerre entreprise au delà des Pyrénées, contre l'irritation et l'enthousiasme d'une nation entière, contre un peuple notre allié qui redemandait en vain, à la face du monde civilisé, son roi, son gouvernement et son repos. On flottait ainsi entre la crainte, l'espérance et l'orgueil satisfait.

Toutefois si l'Empereur allait être presque toujours absent d'Espagne, pendant la lutte, son esprit devait y être présent. Son âme énergique y remplaça sa personne, et il est impossible de lire les instructions qu'il adressait à ses lieutenants pendant cette période orageuse, sans être frappé du calme héroïque qu'il conservait pendant tant d'alarmes, si lointaines et si menaçantes, et qu'il communiquait en l'éprouvant.

Ce fut au milieu de ces graves préoccupations que le général Suchet, après quelques mois d'un repos fortuné, se vit appelé par l'Empereur à porter la fortune de ses armes en Espagne. Il allait montrer ses drapeaux triomphants, au-delà des Pyrénées et illustrer de nouveau son nom dans la mémorable campagne de Catalogne et de Valence. Mais il allait entrer aussi dans cette carrière de luttes, de succès chèrement achetés et de revers occupant les dernières années de l'Empire. Une réflexion déjà se présente : ce qu'on vient de voir faire à ce grand capitaine dans ses campagnes, se renouvellera exactement dans toutes les époques suivantes : toujours il débuta vivement, brillamment, mêlant la prudence à la bravoure, dans sa vie : discipline, subordination, religion, patrie. Cette belle terre d'Espagne ne put pas se montrer aride pour lui. Sa vaillante armée y cueillit des lauriers avec abondance. Cette expédition mémorable allait accroître encore la renommée de Suchet dont le génie était alors dans toute sa force.

En franchissant les Pyrénées, le rideau se levait devant

lui. Il voyait d'autres régions et d'autres scènes, le soleil d'Aragon et de Valence, les palmiers du Guadalquivir que ses soldats devaient bientôt saluer de leurs armes.

Sa mission fut d'abord de couvrir le siége de Sarragosse sur la droite de l'Ebre ; il y obtint un premier avantage. Sa division, maîtresse des hauteurs de St-Lambert, empêcha toute tentative des Espagnols qui venaient soit de Valence, soit du centre de l'Espagne pour secourir la place.

Le corps du général Junot qui venait de terminer le siége de Sarragosse passa, le 10 mai 1809, sous les ordres de Suchet qui fut alors nommé général en chef de l'armée d'Aragon, et gouverneur de cette province. Il devait se reposer dans ce pays, le surveiller de là, partir si les évènements prenaient une tournure favorable, et s'avancer par Cuença sur Valence. Le corps d'armée du maréchal Mortier, qui s'était peu fatigué pendant le siége de Sarragosse, restait en arrière pour soutenir Suchet ou garder l'Aragon si ce général venait à s'éloigner.

Mais le départ du 5e corps, l'agression de l'Autriche, et le délabrement d'une armée affaiblie par tant de souffrances et de combats, rendirent sa position très critique. Toutefois il sut triompher de ces difficultés et les faire servir à sa gloire. Il avait en cette occurence de beaux jours à espérer, et la fortune allait encore lui sourire bien des fois, car son prestige de soldat invincible était loin de se perdre ! A peine était-il arrivé à sa destination que le général espagnol Black se présenta avec vingt cinq mille hommes devant Sarragosse ; les troupes abattues demandaient à opérer leur retraite ; mais l'intrépide général, ferme et tranquille, monté sur son cheval de bataille, vint montrer à ses soldats cette noble figure qu'ils aimaient tant à voir, et dont la fière beauté les remplissait de confiance. — Mes amis, leur dit-il, en parcourant les rangs, vous ne possédez encore en Espagne que le terrain que vous avez sous les pieds. Si vous reculez d'un seul pas, vous êtes perdus!

Ces paroles raniment leur courage ; le chef leur communique son énergie, et les conduit à l'ennemi, qu'il bat à Maria le quatorze juin : il lui prend quatre mille hommes, trente pièces de canon, et, cinq jours après, il complète sa défaite à Belchite. Ces succès renversaient les projets des Espagnols qui voulaient se porter sur les Pyrénées.

A cette époque, l'armée d'Aragon n'avait encore reçu que de faibles secours, et néanmoins cette province avait entièrement changé de face ; nos partisans y étaient partout en majorité : mais les villes de Lérida, Méquinenza et Tortose en menaçaient continuellement les frontières et servaient de refuge au reste des guerilleros. Suchet pensait à entreprendre le siège de ces trois places quand il reçut une autre destination.

Il est fâcheux pour un général de voir ses plans dérangés par des ordres venus de loin, et qui souvent ne sont plus exécutables quand ils lui parviennent ; mais combien sa position est-elle plus pénible encore, s'il lui faut obéir à deux impulsions contraires : c'est ce qui arriva à Suchet. Malheureusement placé entre les instructions du prince de Neufchatel et celles du roi Joseph, il se vit forcé par la cour de Madrid d'entreprendre contre Valence une expédition qu'il jugeait alors inopportune.

Nous l'avons déjà dit : la conduite de ce général fit voir qu'il était l'homme de son temps à qui le ciel avait accordé de meilleure heure la prudence. Il en fit une nouvelle application dans cette rencontre. Il n'était point d'avis d'entreprendre cette expédition lointaine pour laquelle il fallait un corps d'armée de trente mille hommes au moins, avec de l'artillerie, et il en était alors dépourvu. Il exposa ses raisons avec force, car il croyait que ces sortes d'entreprises étaient de la nature de toutes les autres , qui doivent être réglées par la prudence, et que dans un tel cas une entreprise manquée se présente avec deux sortes de mauvais succès : Le malheur présent, et une plus grande difficulté pour espérer la réussite à l'avenir ; mais l'expédition n'en fut pas moins résolue. Dès ce moment, Suchet ne vit plus d'obstacles ; il savait que, si la prudence est la première de toutes les vertus avant que d'entreprendre, elle n'est que la seconde après que l'on a entrepris ; il marcha rapidement sur Valence avec sa petite armée, sans artillerie, laissant sur ses derrières des partis prêts à intercepter ses communications. Les prévisions du noble chef ne furent point trompées, et malgré le succès d'Alventosa , malgré la soumission volontaire de Murviedo, il fit une campagne infructueuse, mais non pas sans gloire cependant.

Rentré en Aragon après ce mouvement excentrique , Suchet fut laissé à ses inspirations. Alors commença pour cette armée tout à coup florissante, une magnifique série de triomphes. Ce fut à quelque temps de là que, reprenant le cours des opérations qui étaient dans sa véritable sphère et devant bientôt devenir maître des provinces orientales, il opéra une nouvelle marche plus sûre vers Valence: sa petite et vaillante armée s'élança le 10 mai sur Lérida, ville espagnole, baignée et arrosée par les eaux paisibles de la Sègre. Sa situation sur une colline au milieu d'une riche campagne, au bord d'une rivière ombragée par des plantations de peupliers, lui donne un aspect pittoresque et délicieux. Son nom rappelle une foule de souvenirs consacrés par l'histoire des guerres soit anciennes, soit modernes. Elle se rendit célèbre dans l'antiquité par son commerce florissant, et par la victoire que Jules César y remporta sur les lieutenants de Pompée. Elle fut longtemps la résidence des rois d'Aragon ; elle conserve encore quelques restes de sa splendeur antique.

Cette ville qui fut l'écueil de plusieurs grands capitaines de leur siècle, entre autres du grand Condé, et que les fiers Espagnols regardaient comme imprenable, est attaquée et emportée d'asssaut, après la brillante victoire de Margalef où notre héros triompha du général O'Donnel, sous les murs de la place.

Le 8 juin suivant, Méquinenza est forcée de capituler.

Tortose résiste au vainqueur ; elle n'ouvre ses portes qu'après treize jours de tranchée. Cette ville, l'une des plus importantes de la Tarraconnaise, située entre deux chaînes de montagnes au bord de l'Ebre, est défendue tout à la fois par la nature et par l'art. Elle rappelle un fait mémorable : enlevée aux Maures en 1149, ceux-ci rassemblèrent des forces considérables pour la reprendre ; épuisée par une longue résistance, elle allait succomber faute de bras pour la défendre, lorsque par une singularité dont il n'est point d'exemple, les femmes prirent les armes et repoussèrent les Musulmans. Jusque dans ces derniers temps, une cérémonie dans laquelle les descendantes de ces fières Amazones des bords de l'Ebre, avaient le pas sur les hommes, consacra le souvenir de ce glorieux évènement.

Toutes ces villes, sans en excepter Ségorbe, ne parurent résister à Suchet que pour ajouter à ses victoires.

Il s'empara du fort San-Félipe au col de Balaguer, en janvier 1811.

Cette année fut marquée par le siége de Tarragone. Suchet venait d'être informé de la surprise de Figuières, et invité à fournir un détachement pour essayer d'y rentrer. Au lieu de se rendre à ce conseil, il marcha droit sur Tarragone. En apprenant cette détermination hardie, Napoléon s'écria : *voilà qui est militaire !* Cette audace allait être bientôt justifiée.

Tarragone la forte, l'antique Tarraco qui donna son nom à la plus vieille province de l'Hispanie, Tarragone revêtue d'une enceinte de fortifications, succomba le 20 juin 1811 , après des efforts héroïques, après deux mois de siége ou plutôt d'une continuelle et formidable bataille, en présence et sous le feu d'une escadre anglaise, de ses troupes de débarquement et de l'armée espagnole de Catalogne. Suchet déploya dans cette circonstance ce que l'art de la guerre peut avoir de plus grand et de plus habile; il montra qu'il était l'un des meilleurs tacticiens de l'époque. Il fit des prodiges à ce siége, et son génie inspirateur grandit dans la fumée de l'assaut.

Ces brillants faits d'armes comblèrent de joie Napoléon qui depuis longtemps avait les yeux fixés sur Suchet. Aussi l'empereur témoigna-t-il combien il était satisfait du général en chef, en l'élevant au grade de maréchal de l'Empire. Le décret du 8 juillet qui lui en donna le bâton, rappelle tous les services de l'illustre guerrier, et notamment les exploits de Lérida, Méquinezae, Tortose et Tarragone. Revêtu de cette haute dignité, le comte Suchet s'en montra digne par l'éclat de ses nouvelles victoires.

En septembre suivant, le maréchal ouvrit la campagne de Valence ; il assiégea d'abord Oropéza, qui se rendit à quelques jours de là.

Les forts de l'antique Sagonte qui couvrent la ville capitale de Valence, relevés à grands frais par les Espagnols , arrêtèrent Suchet qui se vit obligé d'en faire le siége. On sait que cette ville infortunée était renommée dans l'histoire, par son inaltérable attachement aux Romains , lorsque Annibal en forma audacieusement le siége.

Telle était la ville qu'il fallait réduire. Les Sagontins devaient conserver le souvenir du héros moderne, dont la bonté allait égaler le courage, car il fit respecter les droits de l'humanité au milieu d'une guerre furieuse.

La ville avait repoussé deux assauts, et continuait d'être battue en brèche, lorsque le général Black, qui commandait dans Valence se présenta tout à coup à la tête de 30,000 hommes pour la secourir. Il était bien aise aussi de réparer l'échec de *Maria* et de *Belchite*. Suchet deux fois repoussé ramena deux fois la victoire à ses aigles, et Black fut entièrement défait, à la vue même de Sagonte qui capitula et donna son nom à cette mémorable bataille, où le maréchal fut blessé à l'épaule. Black rentra dans Valence et Sagonte capitula.

L'armée du maréchal devait être renforcée vers ce temps-là par des corps détachés. Le corps de réserve de la Navarre l'ayant rejoint, alors, sans attendre la division du Portugal, il passa le Guadalquivir, et investit Valence le même jour.

Valence qui donne son nom à la province, est l'une des plus belles et des plus importantes cités de l'Espagne; elle est traversée par le Guadalquivir ou le *Betis* des anciens. On est étonné de la beauté des campagnes, de la richesse de la culture, et de la vigueur de la végétation dans toute l'étendue que l'œil peut parcourir.

La population de cette grande ville qui est ordinairement de 70,000 âmes, s'élevait à près de 200,000, dans le moment où Suchet faisait ses opérations de siége. La place étant fortifiée par tant de travaux et défendue par tant de soldats, on pouvait craindre qu'il ne la fallût acheter par des sacrifices proportionnés à son importance, mais Suchet pressa vivement le siége, le conduisit avec talent et habileté. L'intrépide maréchal était toujours le premier soldat à cheval de l'empire: bien que le feu des batailles l'énivrât, la douceur de son âme lui faisait cependant répugner au sang et aux horreurs d'une guerre furieuse. Ce qu'il voulait à la tête de son armée, ce n'était pas la mort, c'était la fuite de l'ennemi et la victoire. Sa bravoure et son humanité étaient devenues proverbiales. La sensibilité du cœur s'allie ainsi dans le guerrier moderne à l'impétuosité du courage. Il veut la victoire en masse, les détails du carnage lui font horreur et pitié.

Suchet donc qui aspirait non pas à la gloire des dévastateurs, mais à celle des bienfaiteurs des peuples, ayant fait jeter quelques bombes dans la place, fit une dernière tentative pour amener une reddition volontaire ; il écrivit au général en chef Black cette lettre qui rappelle la prudence du héros, la main du civilisateur, l'épée du guerrier, et dont les termes méritent d'être consacrés par l'histoire :

AU CAMP DEVANT VALENCE,

Le 6 janvier 1812.

Monsieur le Général ;

Les lois de la guerre assignent un terme aux malheurs des peuples ; ce terme est arrivé : aujourd'hui l'armée impériale est à dix toises des corps de votre place ; dans quelques heures, plusieurs brèches peuvent être ouvertes, et dès-lors un assaut général doit précipiter dans Valence des colonnes françaises ; si vous attendez ce terrible moment, il ne sera plus en mon pouvoir d'arrêter la fureur du soldat, et vous seul répondrez devant Dieu et devant les hommes des maux qui accableront Valence. Le désir d'épargner la ruine totale d'une grande ville me détermine à vous offrir une capitulation honorable. Je m'engage à conserver aux officiers leurs équipages, à faire respecter la propriété des habitants. Je n'ai pas besoin de dire que la religion que nous professons sera réservée et ses ministres protégés.

J'attends votre réponse dans deux heures, et vous salue avec une très-haute considération.

Signé : Le maréchal SUCHET,

Black lui répondit que son armée saurait soutenir l'honneur du nom espagnol, aidée qu'elle était par la constance d'un peuple résigné à tous les sacrifices.

La ville, après avoir beaucoup souffert, capitula. Le 9 janvier, elle ouvrit ses portes, et vingt mille hommes mirent bas les armes. Elle fut ainsi préservée du pillage, du carnage, des flammes et de toutes les horreurs qui suivent un assaut.

Ce qui fit le plus d'honneur à Suchet en cette occasion, ce fut d'avoir cherché à atténuer les malheurs de la guerre en diminuant les résistances par la justice, la modération et la prudence.

Ainsi qu'on le voit, cette capitulation était en même temps la prise d'une armée : c'était la seule qu'eussent les insurgés dans les provinces orientales : elle était composée de leurs meilleurs généraux et de toutes les troupes régulières qui restaient à l'Espagne, c'est-à-dire, de 17,500 hommes d'infanterie, et de 1800 hommes de cavalerie, ayant 93 chefs à leur tête. 374 bouches à feu et 21 drapeaux devenaient les trophées de la victoire.

Le général en chef Black, né dans ces contrées, perpétuait la guerre civile par l'autorité que lui donnaient son nom, ses services et sa fortune; ce général était considéré comme l'un des meilleurs chefs d'armée qu'eût révélé la guerre de l'indépendance espagnole. O'Donnel, Zayas, Lerdizabal et Velasco disposaient après lui des passions de la multitude ; et, faits prisonniers, ils emportaient en France la dernière espérance des insurgés, qui ne comptaient désormais ni chefs, ni troupes, ni places, depuis les frontières de la France jusqu'à celles du royaume de Murcie. Quelle que fût l'importance de la conservation de Valence, on ne la défendit point avec l'opiniâtreté dont les habitants de places beaucoup moins considérables avaient précédemment donné l'exemple. C'était alors une preuve que l'enthousiasme et la colère des peuples cédaient enfin aux leçons de l'expérience et de la raison. L'esprit d'insurrection, sensiblement refroidi, était au moment de s'éteindre ; et ce résultat était dû non seulement aux armes du maréchal Suchet, mais à la sagesse qui dirigeait sa conduite, à la modération qui dictait ses mesures, à la fermeté qui en soutenait l'exécution.

Le 10 janvier 1812, le maréchal Suchet entrait à Valence

avec son corps d'armée. C'était pour la première fois qu'il lui arrivait de se montrer en triomphateur dans une ville conquise. Mais aujourd'hui, soit orgueil d'avoir terrassé une armée réputée invincible, soit désir de frapper l'Espagne par un éclatant spectacle, prenant des airs plus hauts que de coutume, il choisit un jour favorable pour faire dans la capitale de Valence une entrée trimphale.

Toute la population de la ville se trouvait sur pied dès le matin, pour contempler cette grande scène. Suchet, entouré de son état-major, suivi de ses guides et de sa belle cavalerie, richement vêtus, était l'objet des regards d'une foule immense, silencieuse, saisie à la fois de tristesse et d'admiration, impression naturelle chez un peuple patriote, mais vif et ardent, orgueilleux et fier, frappé de tout ce qui est grand, jaloux de connaître son vainqueur, et les généraux et soldats les plus renommés qu'il y eût alors au monde. La belle figure du Maréchal, sa taille distinguée et noble, sa physionomie ouverte, son sourire gracieux et affable, l'expression mâle de ses traits, sa longue et épaisse chevelure noire, signe de la vigueur de son corps, tout dans son aspect et sa stature frappait les yeux, gagnait les cœurs et atténuait la haine que les Espagnols portaient en ce moment à leurs vainqueurs.

Tel fut le spectacle que présenta Valence : le peuple était dans les rues, la riche bourgeoisie se tenait aux fenêtres. Quant à la noblesse, elle avait fui, remplie de craintes. Les femmes de cette bourgeoisie espagnole semblaient avides du spectacle qui s'étalait sous leurs yeux : quelques-unes laissaient couler des larmes ; aucune ne poussait des cris de haine ou des cris de flatterie pour les vainqueurs. Heureuse l'Espagne de garder sa dignité dans son désastre !

Les magistrats de Valence offrirent les clefs de la ville à Suchet, qui les reçut en disant qu'elles appartenaient à un plus grand que lui, c'est-à-dire à Napoléon. Puis il se rendit au

palais du gouverneur de la province; où il donna audience à
toutes les autorités publiques, tint un langage doux, rassu-
rant, promit l'ordre de la part de ses soldats, à condition de
l'ordre de la part des habitants; promit aussi de respecter les
personnes et les propriétés, comme le doivent faire des conquérants civilisés et généreux. Suchet n'avait pas besoin de
parler de la discipline : il ne fallait veiller avec lui qu'à la
rendre moins sévère. Tous les habitants notables de la cité et
un grand nombre de dames de haut rang vinrent le visiter. Il
se fit en peu de temps de nombreux amis par sa franchise,
son urbanité, sa générosité, son courage et le charme de ses
manières.

A quelque temps de là, le Maréchal compléta la conquête
du royaume de Valence par la prise de Peniscola et de Deina,
qui subirent le sort des autres places de ce royaume. Cette
province se soumit sans obstacle et sans regrets, d'après la confiance qu'avaient communiquée aux habitants l'équité connue
du vainqueur et le bon ordre qu'il venait d'établir dans l'A-
ragon. Il savait également entretenir la discipline et l'émulation dans ses troupes par la justice avec laquelle, dans ses
rapports, il rendait compte de la bonne conduite et de la bravoure de ses officiers comme de ses soldats. Cet ensemble de
nobles procédés et de talents du premier ordre, lui valut le
titre de duc d'Albuféra. Napoléon, en élevant Suchet à cette
dignité, accorda aux soldats de cette vaillante armée deux
cent millions de dotation, par la mise en possession de ce
riche domaine, situé dans le champ même de leurs victoires.
Cette dotation fut une véritable conquête que le souverain français ratifia, un trophée que sa munificence éleva à leur gloire.

Le duc d'Albuféra joignit, le 8 avril suivant, le titre de
gouverneur général d'Aragon, de Catalogne et de Valence à
celui de général en chef de ces trois provinces. Il savait unir
à la force la prudence qui fait réussir la force, et la justice

qui l'honore. Ayant commencé sa conquête par l'énergie , il voulut l'achever par la modération. Il s'occupa dès-lors à diminuer les malheurs de la guerre par de sages mesures, à dissiper les factions, à réunir les esprits, prescrivant à ses victorieuses phalanges d'épargner les populations, de se conformer aux coutumes du pays, de respecter toujours les usages de ce peuple, et de ne blesser en aucune manière le sentiment national. Lui-même savait respecter les préjugés autant que le peut faire un homme dont l'esprit est au-dessus des préjugés, car il voulait que les Français, au lieu d'éloigner les Espagnols, les rapprochassent de la France. Tranquille alors, il put tourner ses soins du côté de l'administration. Il gouverna ce pays avec douceur et sagesse.

C'est ainsi que, dès son arrivée sur le territoire de Valence ou d'Aragon, son premier soin avait été d'instituer une commission de gouvernement composée des hommes les plus éclairés et les plus recommandables. Des députés, des chapitres, des propriétaires , des négociants, des hommes de loi avaient été rassemblés pour répartir et voter avec soin les taxes de guerre, de l'emploi desquelles il leur était rendu un compte fidèle et détaillé, avant que de nouvelles charges fussent imposées.

Il fit rentrer un peu l'ordre dans les finances.

Aux vieilles institutions tombées depuis longtemps en désuétude, avait succédé un absolutisme étouffant, capricieux, fanatique, n'ayant d'initiative, dans ce malheureux pays, que pour la destruction : l'industrie , le commerce , l'agriculture n'avaient pu résister à une suite de mesures fausses et inintelligentes , ou à une organisation vicieuse de la propriété ; les ressorts moraux étant brisés, les ressorts matériels se détendaient à leur tour ; le mouvement de la vie était arrêté ; partout c'étaient l'impuissance, la faiblesse, l'inaction , l'immobilité de la mort.

Dans les provinces administrées par Suchet, de sages mesures réveillèrent et excitèrent l'industrie, remirent le travail en honneur : des canaux furent creusés, des chemins furent ouverts pour faciliter les transports, les communications; des travaux d'assainissement, d'irrigation furent faits pour féconder le sol, œuvre à laquelle s'associa personnellement ce conquérant civilisateur.

Il savait que le travail appliqué à la terre est le plus moral et le plus social des travaux de l'homme, parce qu'il nourrit plus directement le travailleur, et lui fait sentir qu'il tient son pain de Dieu. Il porta son attention sur les terres qui n'attendaient que la main de l'homme, pour enfanter de nouvelles et riches productions, sur celles qui avaient besoin d'être améliorées pour que la fertilité en fût augmentée, sur celles qui étaient entièrement infécondes, pour faire retirer de ce sol délaissé toutes les ressources que la nature avait déposées dans son sein. Par les efforts et les encouragements du maréchal, l'industrie agricole prit un essor remarquable, et franchit depuis les bornes dans lesquelles la paresse, l'inertie et de fâcheux préjugés la tenaient à l'étroit.

Le bien être qui se développa avec sécurité, l'accroissement prodigieux de la richesse du sol, la sagesse de l'administration militaire, la justice qui présida à tous les actes, effacèrent peu à peu le sentiment de haine que la conquête et la domination étrangère inspiraient. Les mœurs s'adoucirent sous l'influence de la loi et de l'exemple du vainqueur; les villages abdiquèrent eux-mêmes tout sentiment de vengeance personnelle. Le peuple reçut le bien qui lui venait d'une main étrangère, et qui le gouvernait avec une sagesse et une bonté qui la firent adorer des provinces sur lesquelles elle s'étendait. L'homme prestigieux qui avait rendu à ces provinces le calme, la sécurité, la prospérité, l'exercice de leur religion, était plus qu'un homme, car il se conciliait l'estime et l'affection des ennemis de son pays, et se les attachait par sa grâce. La France en général, et Lyon en particulier, se prirent alors d'enthousiasme pour lui, pour ses exploits, et pour la plus savante et la plus admirable de toutes ses campagnes.

La fortune allait bientôt donner son dernier sourire à notre héros ! il battit encore lord Bentink au col d'*Ordal.* Des troupes anglaises étaient venues renforcer l'armée espagnole, appelée alors armée anglo-espagnole, et commandée par le général Wellington. La fortune cessa alors de favoriser les armées françaises, et se déclara pour les armées coalisées. Le maréchal duc d'Albuféra eut encore le bonheur de faire lever le siège de Tarragone vivement pressé par le général Muray qui perdit toute son artillerie. Mais il lui fallait abandonner l'Espagne, renoncer à ses conquêtes, retourner vers les Pyrénées où sa vaillante armée était nécessaire, à cause d'un danger qui menaçait la France, danger qui était la suite de la retraite de Moscow. On sait les désastres de cette retraite, où l'armée de Napoléon lutta, en se décimant dans des déserts de neige, contre les éléments et les hommes. Jamais depuis Xercès, une si longue et si complette déroute ne sema tant de cadavres d'hommes et de chevaux sur une plus vaste solitude.

Les services signalés de Suchet et le vœu général des troupes lui valurent de la part de l'empereur le poste honorable et flatteur de colonel général de la garde impériale, en remplacement du maréchal Bessière, duc d'Istrie, qui venait de trouver une mort glorieuse dans les champs de Lutzen. Ce choix était heureux et irréprochable, car il tombait sur un maréchal de France sorti du rang de simple soldat ; il représentait, dans un seul homme, l'égalité plébéiene, la bravoure héroïque, la fidélité militaire donnée en gage, en exemple et en émulation à l'armée.

Suchet occupa encore pendant six mois la Catalogne, il ne

fit sa retraite vers les Pyrénées que lorsque les armées françaises eurent été refoulées sur tous les points, et que de sinistres nouvelles lui parvinrent de toutes les parties de l'empire ; toute sa vaillance devint inutile : il voyait son armée de vingt cinq mille hommes s'amoindrir chaque jour, après les garnisons qu'il fut obligé de laisser dans les places fortes , après les dix bataillons qu'il envoya au maréchal Augereau, défendant avec une petite armée la ville de Lyon, berceau de Suchet. Celui-ci suppléa par son habileté au défaut de troupes. Dans sa retraite , il ne perdit point l'attitude de vainqueur ; l'ennemi comprit l'électricité communicative que sa valeur inspirait à sa petite armée. Suchet évacua le dernier l'Espagne, soutint le moral des troupes contre les frayeurs et les paniques. Grâce à sa présence d'esprit et à sa valeur , il faisait chaque jour repentir les Anglo–Espagnols de leurs attaques téméraires. C'est ainsi qu'il entra en France sans avoir éprouvé de pertes sensibles. Dans cette ruine finale de 1814, où, malgré les éclairs d'héroïsme, la fortune nous fut contraire, il eut de belles journées, des heures qui lui rendaient le soleil de sa jeunesse ; mais la France, épuisée d'hommes et d'argent, était dans la consternation, et le peuple témoignait de sa lassitude de la guerre.

L'heure était venue : Napoléon , d'une main à qui Dieu avait retiré la force, devait rendre Ferdinand VII à la liberté. Napoléon crut pouvoir refaire l'œuvre de Louis XIV, et il se trompa ; il rencontra un rempart immortel contre lequel il vint se briser. Ferdinand rentra en Espagne au milieu des fêtes. Suchet reçut ce monarque à Perpignan, et fut chargé de le conduire à l'armée espagnole. Ferdinand accueillit le maréchal avec distinction , et lui témoigna sa *reconnaissance pour la manière dont il avait fait la guerre à ses peuples révoltés.* Ainsi fut rendue à son roi cette Espagne qui avait trompé la gloire et le génie de Napoléon. Mais le jeune prince, esclave au berceau, aigri dans sa jeunesse, révolté contre son père dans ce palais servile, dans la captivité, fut ingrat à son retour, il ne sut ni pardonner ni récompenser.

Toutefois le titre et la dotation du duché d'Albuféra, d'origine et de fondation napoléonienne, remontant à l'époque des grands services de Suchet en Espagne, ne furent point conservés au maréchal, malgré la promesse qu'en avait faite Ferdinand VII; et, plus tard, il refusa même de reconnaître ce loyal, modeste et vaillant militaire sous le titre de duc d'Albuféra. Ce scrupule sur les noms empruntés des actions et des lieux venait un peu tard. Il n'en fut pas de même à l'égard d'autres grands feudataires de l'empire dont les dotations furent garanties dans d'autres provinces par les traités de 1814.

Nos armées avaient visité les grandes capitales de l'Europe; Paris était à son tour visité par l'étranger, et frémissait sous le poids d'une telle humiliation. Les derniers boulets de cette guerre de 25 ans vinrent sillonner les boulevarts de la capitale de la France.

Le maréchal Suchet en défendant le sol de la France méridionale, en protégeant la retraite de ses petites et invincibles phalanges, apprenait la chûte de la couronne impériale à Fontainebleau. Ainsi s'écroulait ce prodigieux édifice de gloire; ainsi, après vingt-cinq ans de combats, le bruit des armes cessait d'un bout de l'Europe à l'autre. Etait-ce là un repos définitif? était-ce une halte de cette vie qu'agitait celle de son siècle? l'avenir allait répondre. En attendant, Napoléon était précipité du premier trône de l'univers par des ennemis déloyaux.

Il est impossible de ne pas reconnaître qu'il y a des moments dans l'histoire qni semblent marqués par Dieu pour la monarchie universelle; amorce trompeuse, toutefois, que la providence ne présente, dans la suite des temps, à quelques hommes supérieurs, que pour châtier en eux l'orgueil humain par d'inévitables déceptions : Charlemagne , Charles-Quint et Napoléon sont trois de ces hommes.

Nous avons vu tomber et s'abimer dans les gouffres de l'histoire bien des grandeurs souveraines ; nous avons vu çà et là, dans l'étude et dans la contemplation des siècles, bien des chutes profondes, des infortunes éclatantes, des douleurs infinies ; nous avons aperçu des rois écrasés sous les débris du trône, de grands hommes de guerre qui succombaient dans la bataille en devinant la victoire , d'illustres innocents qui mouraient par la main du bourreau , des princes exilés par leurs peuples, des martyrs qui s'en allaient vers Dieu par la route de l'échafaud. Mais rien dans les livres, rien de solennel, de douloureux et de terrible ne nous a plus ému, plus effrayé, plus remué que le spectacle de ce dénouement de la tragédie impériale.

Napoléon expira sur le rocher inhospitalier de Ste Hélène, à la suite d'une agonie de six années. Cette grande âme retourna vers le dieu qui juge les rois et les peuples. Après avoir reposé dans son malheur sur la terre étrangère , il repose aujourd'hui dans sa gloire, sur les bords de la Seine, *au milieu de ce peuple qu'il aima tant.* L'histoire commence à l'y réveiller du bruit de sa justice et de ses éloges.

Suchet voulut rester à cheval tant qu'il y eut un coup d'épée à donner ; il avait vécu sous la tente, au milieu des triomphes et loin de nos malheurs. A mesure que le bruit des armes cessait, il dévorait les jours dans une expectative dont toutes les éventualités l'attristaient ; la déchéance et la captivité de l'empereur lui arrachèrent des larmes. Ce changement lui imposait de nouveaux devoirs qu'il remplit avec franchise et désintéressement, il fit reconnaître Louis XVIII par son armée.

Lorsque le duc d'Albuféra revint en France, le roi était déjà rétabli sur le trône. La réputation de Suchet l'avait devancé auprès du nouveau souverain qui l'appela à la Chambre des Pairs, et lui confia le gouvernement de la 5ᵐᵉ Division, à Strasbourg.

Malgré l'exaltation produite par les évènements de 1815, Suchet put contenir les troupes sous ses ordres dans l'obéissance, et se montra lui-même fidèle à son serment, tant que les Bourbons demeurèrent sur le territoire français. Resté sans ordres, ni instructions du gouvernement royal, et jugeant par les premiers actes du congrès de Vienne que l'étranger se disposait à envahir la France, le maréchal ne connut plus d'autre intérêt que celui de la patrie. Oui, quand arrivait un jour où l'honneur du drapeau et le salut du pays étaient en péril, Suchet se redressait de toute sa hauteur, son regard s'animait de feu; il retrouvait les inspirations de son génie et de son patriotisme. Il se rendit à Paris le 30 mars 1815, dix jours après l'arrivée de Napoléon, pour recevoir de nouveaux ordres. Il reçut, le 5 avril, celui de se porter à Lyon pour y rassembler une armée, dont il aurait le commandement.

Suchet, né à Lyon, entouré d'estime, aimé dans les provinces qu'il venait défendre, vit de toutes parts accourir sous ses drapeaux un nombre immense de soldats volontaires, ou déserteurs de l'armée royale pendant l'année qui venait de s'écouler, mais les arsenaux étaient vides, et il n'avait pas été possible d'armer plus de 10,000 soldats de ligne avec un nombre à peu près égal de gardes nationaux; c'est avec cette petite armée qu'il fallait couvrir 50 lieues du versant des Alpes sur la France, la Savoie, le Jura et Genève, et fermer les gorges du Mont-Cenis, du Simplon et de Genève. Lorsqu'il serait refoulé de ces versants des Alpes, il devait se replier sur Lyon, Mâcon, Châlon, et défendre la ligne de la Saône. Lyon, changé en place de guerre, se fortifiait derrière

Suchet pour donner un point d'appui à son armée contre les invasions des deux routes du midi.

C'est avec de si faibles moyens que le duc d'Albuféra, qui avait inspiré une entière confiance aux braves Lyonnais ses compatriotes, se porta vers les Alpes, battit les Piémontais le 15 juin, et, quelques jours après, les Autrichiens à Conflans. Mais le sort de la France était décidé; c'est à peine si on jette les yeux sur les impuissantes résistances dont les faibles détachements de Suchet, de Lecourbe, de Rapp et de Grouchy lui-même essayèrent de ralentir le débordement d'un million d'hommes que la Sambre, le Rhin, les Alpes versaient de nouveau sur le Nord, les Vosges, l'Alsace, le Jura, Lyon, la Bourgogne et les plaines de Paris. On admira Suchet dans sa retraite comme dans ses victoires; sa gloire en reçut un nouvel accroissement, car on le vit déployer ce que l'art de la guerre peut avoir de plus grand et de plus habile. Avec une petite armée il continua des progrès qui étaient le fruit de son génie; il fit des mouvements si heureux, profita si bien du terrain et du temps qu'il empêcha l'ennemi de le poursuivre.

Il se replia sur Lyon pour diminuer autant qu'il était en son pouvoir les maux de l'invasion, et empêcher la ruine de sa ville natale. Il sut, en effet, éviter les malheurs dont elle était menacée: il dicta même, en quelque sorte, toutes les conditions de l'occupation de la cité, et sut conserver à son pays un matériel de guerre évalué à dix millions; il s'était réservé trois jours pour se retirer avec ses armes. Cette capitulation honorable, il la dut à la considération que son mérite et ses dignités lui avaient acquise auprès des généraux qui étaient à la tête de l'armée d'invasion.

Il en coûta au cœur de Suchet de consentir à l'entrée des armées étrangères dans sa ville natale qu'il aimait avec passion; mais les grands évènements du Nord et l'occupation de

la capitale, avaient amené ce malheur. S'il avait souvent
gémi des maux que la guerre avait fait souffrir sous ses yeux
aux peuples étrangers, combien ne dut-il pas être encore
plus sensible à ces mêmes maux, quand il les vit fondre sur
sa patrie! On ne se figure pas, disait-il, ce que c'est que d'entendre de malheureux paysans se plaindre en français.

Il lui était cependant réservé un suffrage que son noble
cœur ambitionna toujours; sa conduite loyale, ferme et me-
surée lui mérita les témoignages solennels de reconnaissance
de la part de ses concitoyens qui lui devaient d'avoir vu ainsi
leur ville respectée par l'ennemi. Ces précieux témoignages
lui furent exprimés par le Corps municipal et par la Chambre
de Commerce. Le souvenir en est aujourd'hui consigné dans
les registres de la grande cité. Ce fut là la dernière et peut-
être la plus belle victoire de l'illustre maréchal!

Les désastres de Waterloo ayant replacé le sceptre aux
mains des Bourbons, le duc d'Albuféra fut continué dans le
commandement de son armée avec laquelle il se replia au-
delà de la Loire. Là, d'après les ordres du roi, il s'occupa du
licenciement de l'armée, opération délicate et difficile pour
un général qui était surnommé le *père du soldat*. L'armée
fut digne d'elle et de lui ; elle ne méconnut point la voix de
son chef, et les soldats rentrèrent dans leurs foyers avec autant de soumission qu'ils avaient montré d'intrépidité lorsqu'il les conduisait à la victoire. A peine libres, on les vit reprendre le chemin de leurs villages et de leurs chaumières ;
l'armée muette et morne passa de l'empereur au roi, avec
la convenance de ses regrets, mais avec l'unanimité et la discipline de son patriotisme ; elle sentait que la nation avait
payé trop chèrement sa gloire, et qu'elle devait disparaître
pour laisser régner la paix. Suchet, touché des malheurs de sa
patrie, et convaincu que renouveler la guerre, bien que favorable à sa popularité et à son nom, ce ne serait que pro-

longer l'agonie de la France, s'employait, en sauvant les apparences, mais avec une sincère abnégation, à pacifier l'esprit de l'armée et à dompter son irritation.

Le peuple sait que l'habitude d'obéir à toutes les puissances ne crée pas la constance dans le cœur des hommes de guerre, et que les révolutions qui ont à les combattre la veille, n'ont pas de plus complaisants serviteurs le lendemain. La discipline militaire, en enlevant à l'homme des camps l'exercice de sa propre volonté, lui enlève plus qu'à toute autre profession l'énergie de caractère dans les vicissitudes des événements. Mais hâtons-nous de dire que Suchet n'était pas un de ces satellites des camps qui passent d'un service à l'autre, comme leur épée passe de main en main, ne conservant dans leur nouvelle cause ni le respect d'eux-mêmes, ni le respect de ceux qu'ils ont précédemment servis; espèce d'hommes aussi communs dans les camps que dans les cours, que la discipline et la cupidité façonnent à l'adulation, à la bassesse, à la cruauté. C'était un homme de tête et de cœur, fidèle à son pays et à son prince, mais fidèle aussi à la reconnaissance et à la gloire envers celui qui avait été son empereur. Le maréchal Suchet, était un guerrier inaccessible à l'intrigue, dévoué à l'empereur, mais plus dévoué à l'armée dont il était l'un des modèles: tous ensemble fidèles par le cœur à leur ancien général, fidèles par l'honneur aux Bourbons, depuis qu'ils étaient les chefs nécessaires de sa patrie. Les révolutions l'affligèrent toujours, sans l'aigrir; il rentrait alors dans les rangs des bons citoyens, pensait, parlait, agissait, combattait avec le pays.

Aussi, Louis XVIII, qui savait que Suchet avait contribué à diminuer les nouveaux malheurs de la France, l'honora-t-il de sa confiance; il le réintégra dans sa dignité de pair de France, et le nomma grand-croix de la Légion d'honneur; plus tard, il le choisit pour assister à la naissance du duc de Bordeaux.

Une paix profonde avait succédé aux troubles de la guerre, alors, d'un bout de l'Europe à l'autre, les nations furent tranquilles et les calamités qui avaient pesé sur tant de peuples cessèrent enfin de les désoler.

Nous avons retracé la course de Suchet partout triomphant, au sommet des Alpes, en Italie, en Allemagne, en Espagne, au midi, au nord ; nous avons montré le chef de l'Etat qui honorait partout la gloire parce qu'il savait ce qu'elle coûte, se faisant le digne ministre de la reconnaissance publique envers ce guerrier, et sachant payer noblement la dette de la patrie. Ainsi, Suchet fut nommé chef de bataillon à 23 ans, colonel peu de temps après, général de division à 29 ans, maréchal de l'empire à 41 ans, duc d'Albuféra à 42 ans, et colonel général de la garde impériale, à 43 ans.

Il était chevalier des ordres du saint Esprit et de saint Michel, commandeur de l'ordre militaire de saint Louis, grand cordon de la Légion d'honneur, commandeur de l'ordre de saint Henri de Saxe, chevalier de l'Ordre Impérial de la Couronne de fer, etc., etc., etc.

Dans cette période de vingt années, l'auréole de vingt victoires illumina le front de cet illustre guerrier. Suchet, le héros du Mincio, de Tarragone, de Lérida, de Sagonte, de Valence etc., etc. ; l'habile et sage Suchet fit cent mille prisonniers, prit cent drapeaux, 1400 bouches à feu, fonda la domination française en Aragon, à Valence, sur l'ordre, la justice et la probité.

Après avoir été à l'école des Joubert, des Moreau, des Masséna, des Lannes, des Bonaparte, il se plut à former des officiers qui se nommèrent Pannetier, d'Anthoine, de Saint Joseph, Saint Cyr Nugues, Bugeau, Harispe, Haxo, Munier et Delort.

Suchet ne voulait devoir ses grades qu'à son épée et à l'estime de ses frères d'armes ; aussi toujours dans sa vie mili-

on l'illustration des faits d'armes précéder l'illustration des
titres, et devint-il l'un des favoris de l'armée.

Tel est le résumé de la vie militaire du duc d'Albuféra.

DEUXIÈME PARTIE.

Il est une vertu céleste , admirable dans tous les états de
la vie , très-nécessaire surtout aux hommes, qui , placés par
la naissance ou par le rang au-dessus des autres hommes ,
ont besoin de la pratiquer sans cesse pour se rendre digne de
leur puissance, pour se la faire pardonner. Ni l'appareil sanglant des combats, ni le sombre aspect des misères ne peuvent
arrêter ses efforts. Elle cherche le malheur sous le chaume ;
elle lui prodigue les consolations et les secours ; par elle ,
sur le champ de bataille , le vainqueur gémit d'un funeste
triomphe , et baigne de ses pleurs les victimes immolées au
salut des empires ou à l'ambition des rois. On nomme cette
vertu *humanité*. Elle renferme en elle seule le germe de
toutes les autres vertus , telles que la bonté et la bienfaisance.

La bonté , fille de la justice, est la plus aimable des qualités du cœur. Unie à la douceur, elle est la base et l'ornement de la gloire. On pourrait même dire que , sans elles ,
l'homme peut acquérir de la célébrité , mais non de la vraie
gloire : il est permis de vanter l'habileté de Louis XI ; mais
c'est à des rois comme saint Louis et Louis XII que la palme
de la gloire est réservée. Le peuple appelait l'un son père,
et n'a trouvé pour l'autre de place digne de lui que dans le
ciel.

La vraie bonté ne peut donner lieu à aucune accusation

de faiblesse , ni de médiocrité. L'élite des grands hommes , des grands esprits, des grands talents, se lève en masse pour proclamer cette vérité.

Le sage Scipion , le vertueux Épaminondas , le loyal Duguesclin , le bon chevalier Bayart , le modeste Turenne , nous ont laissé de si grands souvenirs qu'on ne peut prononcer leurs noms sans éprouver tout ce qu'inspire la vraie bonté.

Les esprits pieux , dans tous les siècles, ont cru qu'au-delà de cette vie il est une rémunération du bien et du mal. Mais croyons aussi que , dans cette vie même , le supplice du méchant commence , et qu'un de ses tourments est de savoir combien l'homme juste , bon et bienfaisant éprouve intérieurement de douces et pures jouissances.

L'homme généreux et bon voit augmenter sa félicité par la part qu'y prennent ses amis ; dans l'infortune , il est consolé par eux , et sa conscience le dédommage intérieurement des injustices de la fortune.

La bienfaisance est la fille de la bonté ; les jouissances qu'elle donne sont innombrables : l'ambition , l'avarice , la volupté nous promettent et nous vendent une ombre de bonheur qui passe comme un éclair ; la bienfaisance nous donne des plaisirs réels qui ne s'altèrent jamais , et dont le souvenir seul est encore un bonheur. La religion la nomme charité ; c'est par cette vertu qu'elle a conquis l'univers.

Humanité sainte , qui , mieux que Suchet , pratiqua les augustes leçons ? qui , mieux que lui , sut t'illustrer, t'honorer, t'éclairer et te charmer ?

Il réunissait à la foi du chrétien , l'honneur du chevalier, la noble fierté de la gloire militaire , le patriotisme du citoyen et cette magique vertu qu'on appelle bonté , qu'on sent , comme le rayon d'un soleil doux et pénétrant , qui console , ranime et réjouit. C'était une grande âme , que Suchet !

comme les nobles cœurs, il mettait sa gloire, non point
dans la vengeance, mais dans la générosité. Les représailles
contre un peuple ou contre un homme vaincu, lui paraissaient ce qu'elles sont, une perversité du succès. Il avait
pour mobiles, non pas le pouvoir ni la renommée, mais la
vertu et la patrie. D'autres généraux ont pu l'égaler dans
l'art terrible des combats, dans la science de faire du mal
aux peuples, sous prétexte qu'ils sont ennemis : nul ne l'a
surpassé dans la science plus rare de faire du bien. Il accomplissait en guerrier un ministère de rigueur ; mais quand il
voyait les ennemis privés des ressources qui pouvaient ou les
défendre, ou soutenir leur existence, aussitôt le guerrier
faisait place à l'homme, et son âme était remplie d'une profonde pitié. Les vaincus, dans lesquels Suchet avait cessé de
voir des ennemis, recevaient de lui tous les secours que réclamait leur infortune, et le témoignage public de leur
reconnaissance dut être, pour son cœur généreux et magnanime, une récompense plus douce que la victoire. La pitié
chez lui allait jusqu'à le désarmer. Il se croyait alors et se
trouvait en effet plus heureux de sauver sa victime suppliante
que de l'immoler à sa colère. Voyez-le, considérant ce peuple
infortuné de Tarragone et de Sagonte qu'il vient d'écraser
sous les ruines de leurs villes, il frémit de sa gloire ; la victoire lui inspire aussitôt la miséricorde et la justice ; cette
partie de sa vie guerrière, où il sut joindre de grands bienfaits à de grandes victoires, et poursuivre au milieu de tant
de dangers et d'obstacles un système tutélaire et conciliateur,
est une leçon qui s'adresse à tous ceux qui seront appelés
à gouverner même dans la paix.

Suchet voulait ressembler à l'antiquité, non par des
ravages, mais par des vertus. C'était un Romain que la
France semblait avoir dérobé aux plus heureux temps de la
République, car il en eut le caractère ; il respectait l'huma-

nité, et adorait profondément la providence dont il se croyait appelé, selon son pouvoir, à propager les éléments de civilisation, dans cette époque de luttes et de développement.

Il n'était pas tant flatté de vaincre les Espagnols que de se faire aimer d'eux. Il n'oubliait rien pour se présenter dans leur pays en amis : il épargnait les populations et respectait les propriétés. Il voulait populariser le nom français par la discipline et la générosité, et en sauvegardant les lois saintes de l'humanité. Dans sa marche militaire, il ne foulait qu'avec ménagement le sol étranger, offrant une admirable discipline, une intrépidité réfléchie. Il désirait que l'Espagne vit en lui, non pas un conquérant, mais un administrateur, un civilisateur. Il aima toujours mieux l'attirer que l'humilier ; et s'il eût été appelé dans les conseils de l'empereur, alors que cette nation se jetait dans ses bras, acceptait sa médiation, implorait sa tutelle, il eût, sans doute, incliné pour qu'on maintînt le pacte naturel entre deux nations faites pour s'associer (1). Il voyait, d'un côté, la France aimant l'Espagne, attentive à ses luttes et recevant en elle-même le contre-coup de toutes ses dissensions, intéressée à l'établissement solide de la royauté constitutionnelle, exerçant une influence considérable, sans doute, mais sans

(1) Il suffit de jeter un regard sur la carte et sur l'histoire pour juger de l'intérêt que nous avons à l'union des deux pays : en désaccord avec l'Espagne, nos provinces du Midi se trouvent sevrées d'un commerce qui fait leur richesse, et notre marine est privée, dans les Deux-Mondes, des secours et des ports nécessaires dans nos conflits avec les Anglais. Pendant la guerre de 1756, les efforts de l'Espagne nous épargnèrent les honteuses conditions que nous subimes par le traité de 1763 ; et, en 1778, la jonction des deux marines força la flotte anglaise à se réfugier dans le canal de Saint-Georges. La République, par la présence d'une armée espagnole, connut le danger de laisser ouverte notre frontière du Languedoc et du Béarn, et se hâta de conclure la paix de Bâle.

ces arrière-pensées menaçantes qu'on imagine pour les combattre ; de l'autre, la Péninsule, sympathisant avec la France, vivant de ses idées, profitant de ses exemples, et se tournant vers elle à tous ses moments de détresse, sans craintes chimériques ; les deux pays, en un mot, dès long-temps portés à resserrer une union commandée par leurs penchants naturels, par des nécessités politiques et utiles, en même temps, au développement de leurs intérêts matériels. Napoléon lui-même sentit aussi la nécessité politique ; mais, au lieu de faire de l'Ibérie une alliée, il voulut en faire une conquête : méprise énorme. Après ses revers, il s'est accusé, avec cette magnifique naïveté du génie à qui toute erreur pèse, d'avoir méconnu cette noble nation.

Sous ce double point de vue, la marche de Suchet valut au nom français une renommée sérieuse de subordination, d'honneur et d'humanité. Aussi cette guerre restera-t-elle le modèle des guerres qui ne portent pas la dévastation avec elles. Les mains de Suchet restèrent toujours pures après avoir manié les deniers de l'armée, après avoir disposé en conquérant des tributs du commerce, des richesses de la Péninsule. Il épargna aux provinces espagnoles, dont le gouvernement lui avait été confié, les horreurs du pillage, et fit distribuer aux hôpitaux, aux indigents et à ses soldats les sommes considérables que les autorités du pays avaient voulu lui faire accepter par reconnaissance. — « Ce qui est « permis aux autres, répétait-il, ne l'est pas à ceux qui « commandent des soldats. »

Ses actes furent toujours empreints d'un sentiment naturel de générosité, et lui valurent ce respect et cette vénération dont le souvenir règne encore en Espagne. Cette disposition affectueuse et cette noblesse de sentiments lui concilièrent toutes les populations qu'il fut appelé à gouverner.

Il était l'idole des soldats, qui le comparaient au Chevalier sans peur et sans reproche. Nul général n'obtint d'eux une obéissance plus prompte et plus absolue. Sa fermeté leur était connue; ils le savaient inflexible pour l'accomplissement d'un devoir; mais ils savaient aussi que sa sollicitude à leur égard n'avait point de bornes. Vivant au milieu d'eux, partageant leurs peines et leurs privations, veillant sur leur bien-être, ne prodiguant point leur sang dans des affaires inutiles, assurant les succès par la sagesse de ses combinaisons, il avait acquis sur leur esprit un ascendant qui ne lui fit jamais défaut.

Il employait toutes les forces de son âge mûr à protéger ses anciens camarades, dont il était le père et le protecteur auprès du souverain. Il s'enquérait de tous leurs besoins; il compatissait à leurs maux; il les accueillait en camarades. Le plus obscur d'entr'eux n'était point oublié. Cet illustre capitaine était leur soutien et leur providence. Aussi, tous rendaient-ils hommage à sa bonté d'âme, à sa générosité, à son noble caractère. Cet hommage montre à quel point ce guerrier si justement renommé par sa bravoure et son humanité avait su se rendre cher, dans la haute position qu'il occupait, à tous ceux qui faisaient appel aux sentiments élevés de son cœur. Il rencontrait sur toutes les routes de vieux soldats et de vieux officiers qui se montraient fiers d'avoir combattu avec lui.

« Mon général, j'étais un des capitaines, un des soldats « de votre armée; » et tous parlaient de la patrie, de sa gloire et de ses malheurs.

Jamais, chez le maréchal Suchet, la colère, le dénigrement, l'envie n'altérèrent la sérénité de ses traits. On pouvait l'affliger sans jamais blesser sa bienveillance, ni le rendre injuste. Il expliquait le mal par des motifs excusables, et croyait au bien chez tous parce qu'il le sentait en lui.

Intrépide pendant l'action, il marchait presque toujours le premier à l'avant-garde et le dernier dans la retraite. L'audace s'alliait toujours chez lui avec la prudence, dans la conception de ses opérations; le sang-froid et la présence d'esprit ne l'abandonnèrent jamais.

Il savait allier la bravoure du maréchal de Saxe au désintéressement de Turenne et à la modestie de Catinat. Il était l'un des soldats chevaleresques de l'époque impériale, l'une des figures les plus grandes, les plus héroïques parmi les compagnons du nouvel Alexandre; aussi Napoléon ne le séparait-il point dans son esprit des noms glorieux inscrits dans les fastes de la France. Il pensait que sa gloire égalait la leur.

Lorsqu'il le revit après huit années de séparation, il lui dit en allant à sa rencontre, et lui tendant la main :

« Maréchal Suchet! vous avez bien grandi depuis que nous
« ne nous sommes vus. Soyez le [bien-venu : vous apportez
« la gloire, vous apportez tout ce que les héros donnent à
« leurs contemporains sur la terre. Je ne vous parle point
« de l'avenir : c'est votre propriété. »

Une belle princesse, la plus adorée des femmes de son temps, et qui eût voulu plus tard décorer l'exil de son illustre frère, présente à cette réception, ajouta :

« M. le Maréchal! je n'ai pas d'éloges à vous faire. Sachez
« seulement que vous n'avez pas tiré un coup de canon pour
« la gloire de la France, sans que mon cœur ait battu d'ad-
« miration et de reconnaissance pour vous. »

Et quand, à quelques années de là, l'homme du destin vivait de souvenirs sur le rocher de Sainte-Hélène, l'image de Suchet, de celui qu'il s'était plu à appeler son ami, lui apparaissait dans ses entretiens avec ses familiers, car il exprimait la même pensée, en disant que « Suchet était quelqu'un
« chez qui l'esprit et le caractère s'étaient accrus à sur-
« prendre (1). »

(1) Las Cases, *Mémorial de Sainte-Hélène*, t. II, p. 19.

Et lorsque Napoléon semblait déjà être hors du siècle, comme dans un monde nouveau, d'où il considérait la France et l'Europe, et où il aimait à s'entretenir des hommes et des choses de son temps, O'Méara lui demandant quel était le plus habile général français : « Cela est difficile à dire, répon-
« dit le grand capitaine, mais il me semble que c'est Suchet ;
« auparavant c'était Masséna, mais on peut le considérer
« comme mort : Suchet et Gérard sont, à mon avis, les meil-
« leurs généraux français. Si j'avais eu deux maréchaux
« comme Suchet en Espagne, non seulement j'aurais conquis
« la Péninsule, mais je l'aurais conservée. »

L'amitié de Napoléon mourant avait jeté sur le maréchal Suchet un de ces reflets posthumes que les grandes renom-mées laissent après elles sur ce qui les a approchées.

Telles étaient les pensées de Napoléon sur ses compagnons d'armes. Son génie associait alors son île étroite, cette immense solitude, aux destins du monde. Ce point imper-ceptible de l'Océan Atlantique, ces rivages escarpés qui lui forment un rempart naturel et presque inexpugnable, rap-pellent assez bien les destinées humaines ; il y a là quelque chose de l'infini. Par le côté fermé, il porte au recueillement ; par le côté ouvert, il sollicite la pensée à se répandre, et em-porte l'âme dans les lointains de l'espérance.

Les qualités de l'esprit et du cœur du maréchal lui valurent d'autres amitiés : c'étaient, après Napoléon, Masséna, Mo-reau, Lannes, Bernadotte, Joubert. Avec eux, il marchait sur les traces du premier. Plusieurs souverains et princes étran-gers le traitèrent avec distinction, et lui firent plusieurs fois l'accueil le plus flatteur. Il s'assit à la table des Empereurs et des Rois ; il prit part à leurs fêtes. Il fut en relation avec une foule de personnages célèbres dans les armes, dans l'église, la politique, la magistrature, les sciences, les arts et les lettres.

Quand à de pareils témoignages on peut ajouter celui des étrangers, tous les compatriotes du maréchal Suchet doivent s'enorgueillir d'une renommée nationale si bien acquise. Il laissa des souvenirs durables en Italie, premier théâtre où son mérite se fit connaître. En Espagne, les populations qu'il soumit bénirent ses soins tutélaires, et lui décernèrent le beau titre d'homme *juste*: *el hombre justo*. A Sarragosse, son nom a été donné à une promenade publique. A la nouvelle de sa mort, dans cette ville qu'il a habitée longtemps, des Espagnols montrèrent spontanément leurs regrets, en faisant célébrer un service pour le repos de son âme. Depuis lors, les circonstances ayant ramené les Français en Espagne, sous la conduite d'autres chefs, ils trouvèrent le souvenir de Suchet vivant en Aragon et à Valence, et entendirent des bénédictions honorer sa mémoire.

Sa justice, la sévérité de son administration tempérée par la douceur de son caractère, la supériorité de son jugement, la variété de ses connaissances acquises dans des études continuelles, l'avaient rendu aussi propre à régir un état qu'à commander une armée. Dans les intervalles de repos laissés par les opérations militaires, Suchet continuait à se livrer à l'étude des siéges et de la stratégie. Il lisait la *Tactique* de Folard, les Mémoires de Vauban, et ceux du maréchal de Saxe, consultait les documents historiques qu'il pouvait se procurer sur l'Espagne, comme ceux du maréchal de Berwick, du grand Condé, se délassait par la lecture de la *Jérusalem délivrée*, dont un exemplaire ne le quittait jamais, visitait les champs de bataille et rédigeait des rapports, dans lesquels ses qualités militaires étaient encore rehaussées par la candeur et par la modestie la plus rare. Après avoir lu ces rapports, on doute, comme cela a été dit de Catinat, de sa participation aux affaires consignées dans ses bulletins officiels : sa correspondance ne tendait qu'à faire ressortir le mérite de ses compagnons d'armes. Si quelquefois il lui arriva de parler de lui à l'Empereur, il ne lui rendit qu'un compte modeste de ses actions, la renommée en publia la gloire. Son ambition était satisfaite, dès qu'il se trouvait en état d'agir et de servir son pays. Aucun général n'inspira plus à ses soldats cet amour pur et désintéressé de la patrie, qui apprend à supporter les privations et les souffrances.

La vie du maréchal nous offre d'autres exemples non moins remarquables de bonté et de grandeur. Au milieu de tous les désordres des camps et de tous les excès inséparables de la guerre civile, lors de nos grandes crises politiques, l'humanité se réfugia sous sa tente, et n'en fut jamais repoussée. Cette vie est semée de traits qui, sous le point de vue de la noblesse, de la religion et de l'humanité, lui font peut-être encore plus d'honneur que ses grands talents militaires. Nous en ferons connaître seulement quelques uns.

Le duc d'Albuféra, investi, en 1815, du commandement de l'armée des Alpes, dont le quartier-général se trouvait à Lyon, était à dîner avec son état-major; un aide-de-camp vint lui apprendre que Grouchy avait en son pouvoir le duc d'Angoulême. Quelques officiers qui étaient là, croyant faire leur cour au maréchal, se mirent à s'égayer aux dépens de ce prince, et à plaisanter sur sa dévotion. Suchet, qui était vif sur l'honneur, indigné de ces propos, se lève tout à coup et leur ordonne de cesser de telles insultes au malheur. Les officiers se turent un instant. Ils reprirent bientôt la conversation et témoignèrent la joie qu'ils auraient de voir passer ce prince prisonnier à Lyon. — « Vous ne le verrez pas, « Messieurs, répliqua avec chaleur le maréchal; il a capi- « tulé. Si l'Empereur refuse de ratifier la capitulation, je « quitte le service. Pour Dieu ! Messieurs, sauvons l'hon- « neur, c'est tout ce qui nous reste. Dans tous les cas, je

« vous déclare que , si Monseigneur le duc d'Angoulême
« arrive à Lyon , nous irons le visiter ensemble, et nous
« lui rendrons les honneurs qui sont dus à son rang et à
« ses vertus ! »

Vers le même temps , le duc d'Albuféra était venu faire
hommage de ses dignités au modeste village de Saint-Rambert–l'Ile–Barbe. Il entra à la villa la *Mignone* , d'où il
était parti pour tant de victoires et tant de grandeurs.
Ses yeux se voilèrent , et sa mémoire remonta vers les
choses , les rêves , les tendresses d'un autre temps. Il se
donna un moment l'illusion du passé en revoyant ces délicieux jardins enrichis d'eaux et de verdure , dont les arbres
avaient versé leurs premières ombres sur ses premiers pas
dans la vie. Après quelques instants de repos , il se rendit
chez le curé de la paroisse , l'abbé Gubian. — « Monsieur
« le curé , lui dit le maréchal , voici six cents francs que j'ai
« l'honneur de vous remettre pour les besoins de votre
« église et le soulagement de vos pauvres. Vous vous expli-
« querez facilement cette marque d'intérêt , lorsque je vous
« aurai appris que j'ai passé les plus studieuses et les plus
« pures années de ma jeunesse dans cette paroisse , où je
« retrouve aujourd'hui , avec émotion , les paysages , les
« lieux, les maisons, les noms de familles qui me retracent
« mes plus lointains souvenirs. Je faisais alors mes études
« au collège de l'Ile–Barbe. J'allais au catéchisme dans
« votre église, et en visite au presbytère chez l'un de vos
« prédécesseurs, M. l'abbé Barret. Le nom de ce vénérable
« prêtre a réveillé en moi des souvenirs qui me sont chers et
« qui ne s'effaceront jamais : les impressions de cette heu—
« reuse époque de ma première jeunesse sont tellement
« restés gravés dans mon esprit , que ma mémoire se rappe-
« lait , au milieu des camps , les faits et les lieux , comme
« si tout cela n'eût daté que de quelques mois. Je retrouve

« ici l'humble demeure du pieux desservant et la modeste
« église ; je revois avec plaisir la plupart de ces bons amis
« qui se pressent autour de moi , et j'éprouve un moment
« de véritable bonheur. »

En cet heureux jour, les pauvres du village se ressentirent
de la bienfaisance de l'hôte illustre qui les visitait , et les
habitants s'applaudirent de son affabilité et du tendre intérêt
qu'il leur portait,

Ainsi qu'on le voit , Suchet avait sucé des principes religieux. Le souvenir de sa première éducation ne s'était point
effacé au milieu du tumulte des armes. Il était pieux , et sa
piété était celle du héros chrétien , qui, sans abaisser ses
dignités , sait humilier sa personne.

Nous voulons rappeler un trait qui lui fait grandement
honneur, et qui ajoute beaucoup à l'idée que peuvent donner
de lui ses nobles sentiments.

On était encore à l'époque où il se trouvait pourvu du
commandement de l'armée des Alpes. Le bruit courut , le
8 avril 1815 , qu'il voulait élever des fortifications sur la
colline de Fourvière ; c'eût été exposer, au feu de l'ennemi ,
l'autel le plus cher aux habitants de la grande cité. Suchet
se sentait lyonnais. Il était appelé , par la Providence , à
sauver ses concitoyens , à adoucir le fléau de la guerre , car
il avait déjà , dans d'autres temps , protégé le laboureur et
les moissons sur la terre étrangère , en mêlant au courage
du guerrier la charité évangélique.

Si ce projet de compromettre le salut de la cité exista , il
venait de plus loin. Quoiqu'il en soit, le vainqueur de Tarragone monta un jour à Fourvière , et commença par ob-
server, du haut du clocher, sa ville natale confiée à sa défense.
De retour dans la sacristie de la chapelle , il demanda le
chef des chapelains. Le président était absent ; le vice-pré-
sident se présenta :

« Monsieur l'abbé, lui dit le maréchal, ma mère m'ame-
« nait souvent ici aux pieds de Notre-Dame. La religion de
« cette mère chérie et de mon enfance se présente aujour-
« d'hui à ma tristesse, avec toutes les tendresses du berceau,
« avec toutes les perspectives dont elle a embelli l'autre côté
« de la tombe.

« Veuillez faire dire quelques messes à mon intention. »

Il déposa en même temps plusieurs pièces d'or sur la table
où l'on enregistrait les offrandes, et alla ensuite à l'autel de
la sainte Vierge, où il demeura quelque temps prosterné et
recueilli aux pieds de la Reine des cieux. Déjà, dans une
autre circonstance, le duc d'Albuféra avait protégé le sanc-
tuaire de la Vierge. C'était après le siége de Sarragosse, en
1809. Il refusa, malgré les ordres réitérés de l'un des
ministres du roi Joseph, de porter une main profane sur les
riches offrandes faites par les grands et les rois d'Espagne à
Notre-Dame du *Pilar*.

On a cependant tenté de souiller sa gloire en l'accusant
d'un acte de barbarie. Si nous ne faisions que le panégyrique
de Suchet, nous devrions garder le silence sur une action
de jeunesse qu'il eût voulu ensevelir dans l'oubli. Mais nous
n'avons pas cru que la solennité de cet hommage dût exclure
la vérité..

Les grands hommes sont plus soumis que les autres à
un examen rigoureux de leur conduite : chacun aime à les
appeler devant son petit tribunal. Les soldats romains ne
faisaient-ils pas de sanglantes railleries autour du char de la
victoire ? Ils croyaient triompher même des triomphateurs.

Or, à l'époque où Toulon fut délivré des Anglais, un arbre
de la liberté avait été planté dans le bourg de Bédouin, au
pied du mont Ventous. Une nuit cet arbre fut coupé : la
petite ville fut condamnée par ordre du Comité de salut public à être rasée et ses malheureux habitants à être décimés.

En ce moment d'effervescence générale, augmentée peut-être par les malheurs de Toulon, le proconsul Maignet, qui avait prononcé la sentence, força le jeune Suchet, alors commandant du 4e bataillon de l'Ardèche, d'en protéger l'exécution. Ainsi le grand Turenne fut forcé jadis d'incendier le Palatinat ; mais Turenne ne se trouvait pas, comme Suchet, placé entre l'échafaud et l'obéissance à des ordres supérieurs, à des ordres sanguinaires. Il n'était pas alors comme Suchet dans cet âge tendre qui subit une fatalité et pour qui le temps de la réflexion n'est pas encore venu. Et cependant Turenne, homme d'expérience, doué de la maturité de l'âge, mit à feu et à sang le Palatinat, pays uni et fertile, couvert de villes et de bourgs opulents. Il brûla, avec le même sang-froid, une partie des campagnes de l'Alsace, pour empêcher l'ennemi de subsister, et il permit ensuite à sa cavalerie de ravager la Lorraine !

Mais nous tous qui vécûmes dans les troubles et les agitations, nous n'échapperons pas aux regards de l'histoire. Qui peut se flatter d'être trouvé sans tache dans un temps de délire, où personne n'avait l'usage de sa raison !

Telle est la faiblesse humaine, que le talent, le génie, l'héroïsme, la vertu même peuvent quelquefois franchir les bornes du devoir. Disons que Suchet ne voulut pas faire mal. Il ne fit qu'obéir bien jeune encore, et son obéissance ne saurait faire retomber sur sa tête la responsabilité de cet acte de sauvagerie. C'était le temps où les proconsuls de la Convention se partageaient les provinces de la France et y exerçaient, au nom du Comité de salut public, un pouvoir absolu et souvent sanguinaire. La fortune, la vie ou la mort des familles étaient dans un mot de la bouche de ces représentants, dans une signature de leur main.

L'histoire doit faire peser la honte de cette action sur la tête du proconsul Maignet qui, dans le Midi, s'efforçait alors de dépasser en supplice la férocité de Collot-d'Herbois à Lyon (1).

Suchet eût-il participé volontairement à cette calamité publique, il aurait encore plus tard noblement effacé ce souvenir lugubre sous le nom de duc d'Albuféra !

La gloire est la preuve de la vertu (2).

La paix ne fut pour le maréchal Suchet qu'une sphère d'activité dans laquelle il se forma aux luttes oratoires. Il passa ainsi de l'armée dans les assemblées du pays. Grave et éminent personnage que la variété de ses aptitudes, l'élévation de son âme et la culture de son esprit plaçaient au-dessus des partialités et des intrigues de son temps. A la Chambre des Pairs, son élocution était facile, naturelle et persuasive. On croyait entendre la voix de ses bonnes actions : noble et calme à la tribune, il ne se troublait point. La facilité de son esprit était admirable ; ce qu'il disait valait toujours mieux que ce qu'il avait appris. Il montrait les choses et il en cachait tout l'art : on sentait qu'il avait appris sans peine. On écoutait avec complaisance les beaux accents de générosité et de liberté qui vivifiaient ses discours. Son visage était ouvert comme sa pensée, loyal comme son âme, inspiré comme son éloquence. Sa figure était belle et sereine ; un certain charme de jeunesse ne s'était point effacé de son front demi-chauve, jusqu'à l'âge de 50 ans ; une imagination caressante et vive répandait sur ses mœurs sérieuses la gracieuseté du sourire. Il conservait des amitiés illustres dont il combattait les opinions avec une austérité

(1) Quelqu'un conseillant à M. de Fontanes, alors proscrit, de s'adresser à Maignet, « Maignet ! l'incendiaire d'Orange et de Bedouin. Non, non » répondit-il.

ROGER, de l'Académie française ; THIERS et DE LAMARTINE (Histoire de la Révolution).

(2) Vauvernague. 413e maxime.

tolérante, qui accroissait l'attachement par l'estime. Passionné pour la prospérité de l'Etat, on sait de quel zèle il était animé partout où il la croyait intéressée. On sait qu'aucune considération ne put jamais lui faire dissimuler son sentiment dès qu'il était question du bien public; exemple rare à la cour, où ces mots de bien public et de service du chef de l'Etat ne signifient guère dans la bouche de ceux qui les emploient qu'intérêt personnel, jalousie et avidité !

Appelé dans les conseils de la couronne, nous ne dirons pas par ses hautes dignités, mais plus honorablement encore par l'estime et la confiance du souverain, c'est là qu'il faisait briller également et ses talents et ses vertus ; c'est là que la droiture de son âme, la sagesse de ses avis et la force de sa parole, consacrée au service de sa patrie, comme l'avait été son épée, ramenèrent plus d'une fois toutes les opinions à la sienne; c'est là qu'il eût étonné, par la solidité de ses raisons, ces esprits plus subtils que judicieux, qui ne peuvent comprendre que, dans le gouvernement des états, être juste soit la suprême politique.

Hâtons-nous d'arriver à ces doux moments de sa vie, où, tout à fait retiré du monde, il lui fut permis, dans sa charmante solitude de Saint-Just, près Vernon, sur les bords riants de la Seine, de s'abandonner tout entier aux penchants de son cœur et aux vertus de son choix. Il n'était point de ceux qui ont besoin de l'embarras des affaires pour remplir le vide de leur âme. Contemplons la belle harmonie de sa vie privée, l'antique simplicité de son caractère domestique. Tous ceux qui eurent le bonheur d'être admis dans son intérieur s'accordent à dire qu'on n'en vit jamais de plus orné par les grâces et l'esprit, en même temps que de mieux gouverné par la raison et par la bonté. Il vivait là dans les douceurs d'une société paisible, à côté d'une épouse dont il était adoré, de trois enfants chers à son cœur, dont il faisait l'éducation et de nombreux amis qui le chérissaient et l'honoraient, toujours charmés de le voir et toujours ravis de l'entendre. Ils croiront sans peine ce que nous disons, ceux qui ont seulement entrevu dans le monde les manières à la fois si simples et de si bon goût du maréchal Suchet, qui ont eu avec lui quelques-unes de ces relations de société où il apportait encore sa noble expansion et sa haute intelligence. La lecture de tous les livres utiles, l'observation de toutes les choses instructives, remplissaient dignement les loisirs d'une vie toute consacrée à la gloire et à la patrie.

Les journées se passaient en entretiens entre le maréchal et ses familiers et en lectures. Repassant en idée ses souvenirs, il s'occupait encore à rédiger ses mémoires, à l'exemple de ces illustres capitaines de l'antiquité qui savaient manier la plume comme ils avaient tenu l'épée. Les heures libres du reste du jour étaient consacrées aux siens, aux causeries familières, autour de la table du soir, en retours sur le passé. Dix années de réflexions avaient succédé pour lui à l'époque de l'action et des combats. Il se demandait si c'en était fait de la grande gloire, si l'avenir lui réservait encore quelque occasion, et si la fortune avait pour lui un nouveau sourire.

C'était pourtant au milieu de son cours que la mort devait arrêter une carrière si utile, si féconde et si brillante, et lorsque, comparant à la frêle durée de la jeunesse cette maturité pleine de force qui semblait promettre beaucoup d'années à Suchet, ses amis se confiaient au temps et à l'avenir pour lui payer tous ces tributs d'affection, il allait leur être enlevé par un coup soudain. Leur yeux devaient être les tristes témoins d'un spectacle si lamentable, et leurs voix qui s'étaient formées à de si charmants entretiens, n'avaient plus qu'à porter jusqu'au ciel l'amère douleur de sa perte. Déjà l'interruption des fatigues de la guerre avait paru devenir l'occasion de syptômes alarmants qui, dès 1824, menacèrent ses jours. C'était désormais la maladie de ceux dont le génie palpite dans l'âme. Le premier remède se rencontrait dans une inertie morale dont la pratique était difficile à une personne telle que Suchet, toujours prête à s'enflammer d'ardeur pour la gloire, d'enthousiasme pour le bien, d'indignation contre l'injustice. On lui avait fait espérer que sa vie se prolongerait aux doux rayons du soleil de Provence; et, vers la fin de l'année 1825, il s'était rendu avec son épouse au château de la Baronnie de Saint-Joseph, territoire de Marseille, habité et possédé par son beau-père. A son passage dans la cité natale, il eut recours à la médecine lyonnaise. Elle parut un instant procurer quelque soulagement à ses douleurs. Etait-ce chez lui le plaisir de se trouver près de son berceau? Mais ces douleurs, après son départ, redoublèrent avec intensité, et le rayon d'espérance qui avait un instant brillé s'éteignit tout à coup.

Les détails de ses derniers moments offrirent une foule de circonstances pathétiques et déchirantes. On put apprécier alors son courage au milieu des tortures du mal physique, et les soins touchants de toute sa famille et l'héroïque dévoûment de son épouse. Une sécurité de quelques jours encore avait été suivie d'un danger sans espérance; le malade touchait à ces dernières heures de la vie où la voix de l'âme prend plus de mélancolie et de solennité, comme les bruits du soir dans une nature qui va se taire et s'éteindre. Au milieu des promesses divines de la religion, ses dernières pensées obscurcies des ombres de la mort n'eurent que peu de temps pour s'arrêter sur la douleur de sa respectable épouse, amour et gloire de sa jeunesse, délices et orgueil de sa vie; sur le deuil de ses enfants, joie et perpétuel souci de son âme, qui ne vivaient que de son affection. Il porta leur image dans son dernier regard comme dans sa dernière aspiration. Ce

fut le 3 janvier 1826, qu'il expira dans ces sentiments religieux qui font de la mort la plus simple une grande action,
et qui, donnant de la noblesse aux moindres faits d'une vie
chrétienne, les élèvent à la dignité de l'histoire. Pendant le
cours de sa longue maladie, il aimait à parler des choses
éternelles, et une certaine mélancolie pieuse attendrissait ses
plus intimes entretiens.

Perte cruelle pour l'amitié, pour le pays, et surtout pour
ceux à qui Suchet accordait cette estime invariable et cette
active bonté que rien ne remplace dans la vie ! Les regrets
publics s'attachent de nos jours et s'attacheront encore longtemps à un soldat d'une si honorable mémoire ; ils récom-
penseront ainsi ce beau caractère, et cette âme si bienveil-
lante, si généreuse, si supérieure à l'envie et si naturellement
passionnée pour tout ce qu'il y a de grand et de bon sur
la terre.

Nous n'essayerons pas de pénétrer plus avant dans ce noble cœur. Ce droit n'appartient qu'à l'amitié éloquente qui
s'est fait entendre avec une grande autorité de douleur et
de talent, soit sur la tombe du duc d'Albuféra, soit à la
Chambre des Pairs, soit dans les regrets universels de l'armée, soit enfin dans les acclamations unanimes qui dans son
pays natal saluaient sa mémoire.

Pour nous, il nous suffit d'avoir rappelé ce qui frappait
tous les yeux, ce qui formait le caractère public de Suchet,
cette probité imposante et simple dans les plus hautes affaires, ce zèle actif pour la France, ce dévoûment si pur,
si désintéressé au chef de l'Etat, ce respect religieux pour
les libertés publiques qu'il protégeait comme l'un des monuments de sa gloire.

Nul n'avait montré plus de confiance que lui dans le gouvernement de l'opinion par l'opinion, ni prodigué davan-
tage à l'esprit du temps les libertés compatibles avec l'ordre

social et la monarchie représentative. Son esprit était épuré par l'expérience ; cher à l'armée, modérateur des partis, dans un temps où le seul parti patriotique était la modération des cœurs et la réconciliation des idées. Son avènement à la Chambre des Pairs offrait une noble figure à la liberté, celle d'un tribun militaire dans un guerrier homme d'Etat : il portait ce double caractère dans sa personne.

Il nous suffit surtout de rappeler ce mouvement de consternation publique, ce deuil profond, lorsque la nouvelle de sa mort arriva en Espagne, dans ce pays conquis par ses armes. Les Espagnols, à cette nouvelle, déposèrent sur son tombeau la plus belle couronne civique. Ils s'étaient rappelés avec attendrissement l'administration d'un général qui, tout en les combattant sur un champ de bataille, savait faire respecter les droits et les biens des vaincus, et les consoler de leurs disgrâces à force de justice et de bonté. Il sied aux peuples qui ont le cœur bien placé d'avoir le sentiment des bienfaits autant que celui des injures ; la générosité n'est pas un vain mot pour eux ; ils sont invinciblement attirés vers qui agit avec dignité et noblesse. D'un autre côté, c'est le privilége des belles âmes de monter ainsi les autres à leur diapason, et d'inspirer comme de faire les nobles actions. Suchet avait honoré jusqu'aux ennemis de son pays par la considération qu'ils avaient pour lui.

Suchet paya l'inévitable tribut dans la force de ses années et dans la fleur de son talent, car il n'avait que 55 ans ! Heureux ceux qui meurent jeunes encore, pleins de services et d'œuvres, alors que la vertu, la gloire les environnent ! heureux ceux qui tombent avant le temps, au milieu de leur renommée ! ils n'ont point vu les tombes de leurs amis ! heureux ceux qui s'éteignent dans le plein éclat de leurs succès, avant les revers qui attristent les nations ! ils ne se trouvent point mêlées aux discussions pénibles qui suivent de fatals mécomptes.

Suchet échappa en partie aux vicissitudes de pensées que d'autres subirent sous des gouvernements dont il n'eut pu épouser qu'à demi les prétentions et les doctrines. Il échappa aussi à la polémique qu'il aurait eu à supporter de la part des immodérés et des violents, pour quelques-uns des ses actes de transaction et de conciliation, les meilleurs même et les plus mémorables. Enfin, il n'eut point à souffrir dans sa conscience de ses revirements politiques successifs qui brisent toujours plus ou moins l'unité d'une belle vie. La sienne fut complète, droite et glorieuse. Elle se couronna, en finissant, d'honneurs proportionnés à ses mérites.

Le maréchal a laissé après lui une tendre épouse, qui passe le reste de sa vie dans les regrets, et des enfants qui font aujourd'hui mieux que nous l'éloge de leur père. Ils étaient en bas âge, lorsque ce père fut ravi à leur tendresse. Ces enfants sont aujourd'hui au nombre de deux : Napoléon Suchet, duc d'Albuféra, et Mme Louise Suchet, épouse de M. le comte Mathieu de la Redorte.

Lorsque cette noble vie venait de s'éteindre, rien ne pouvait calmer la douleur de Mme la duchesse d'Albuféra. Unie par les nœuds sacrés à un époux chéri et digne de l'être, elle fit voir par sa douceur, par ses égards et par sa tendresse pour lui, que la véritable piété ne fait qu'ajouter plus de charme et de fidélité à l'affection conjugale ; et si elle témoigna par sa douleur combien il lui avait été cher, elle montra par sa constance que celui qui n'abuse point du bonheur ne se laisse point non plus abattre par l'adversité.

L'éducation de son fils, alors âgé de 13 ans, était le principal motif qui l'arrachait à sa retraite ; et c'est à ce sujet qu'elle écrivait à un Lyonnais, peu de temps après la perte cruelle qu'elle avait faite, ces simples et touchantes paroles qui la font mieux connaître que tout ce qu'on pourrait dire :

« Il n'y a pas de consolation pour une douleur comme la
« mienne ; elle sera éternelle et comparable au bonheur que
« j'ai éprouvé pendant dix-sept ans. J'ai besoin de la vue de
« mes trois enfants pour me donner la force de vivre, car le
« plus grand bienfait du ciel à présent pour moi, serait dans
« ma réunion à l'être parfait que je pleurerai toute ma vie.
« Mais je dois élever mon fils de manière à porter digne-
« ment un si beau nom ; c'est une grande tâche pour lui, et
« c'est moi qui dois lui en faciliter les moyens . . . . . . »

Ces nobles expressions font revivre dans l'illustre veuve
les mœurs de ces antiques romaines qui contribuèrent si puis-
samment à la gloire de la patrie, en faisant l'éducation de
leurs fils.

La noble mère du jeune Suchet n'a rien épargné, dans le
temps, pour bien remplir ce devoir important. Le succès nous
dispense de nous étendre sur ce qu'elle a fait à cet égard ; et
il nous serait d'autant moins permis de l'oublier, que nous
jouissons aujourd'hui des fruits de ses soins maternels. M. le
duc d'Albuféra siége dignement depuis quinze ans dans les
assemblées du pays.

Nous avons dit que le maréchal Suchet s'était occupé, dans
les dernières années de sa vie, de rédiger ses Mémoires ; ils
furent publiés après sa mort par les soins d'une épouse qu'il
associa toujours à sa gloire. Elle les présenta à la famille, le
19 janvier 1829. Cet ouvrage caractérise un guerrier émi-
nemment civilisateur ; il est plein d'idées neuves et d'aperçus
profonds. Le maréchal raconte, de 1808 à 1814, ses campagnes, les guerres où il se montra acteur principal, comme on
l'a vu faire à tel autre capitaine de haute intelligence. Ses réflexions sur la guerre y sont d'une justesse qui frappe l'esprit
du lecteur. Sa marche est rapide, sa manière d'écrire révèle
souvent une imagination poétique, et sa pensée passe avec

une égale facilité d'un sujet à un autre. L'agriculture est
l'objet de son attention le long des routes. Il visite les hameaux, les vallées, les collines. Les vieillards qu'il rencontre
lui font le récit de leurs inquiétudes et de leurs espérances,
lui parlent de leurs récoltes et de leurs troupeaux. Ils savent
que, s'il excelle dans l'art terrible des combats, nul ne le sur-
passe dans la science plus rare de faire le bien. Le maréchal
s'enquiert de leurs besoins, de leurs méthodes de culture,
jette un regard bienveillant sur leur situation, porte attention sur les modes de labour, de transport et d'attelage.

Il évoque tous les souvenirs des lieux qui passent sous ses
yeux, souvenirs des luttes de l'indépendance des anciens
habitants de l'Ibérie contre la tyrannie des Romains. On y voit
que, bien que sa situation exigeât une surveillance constante,
elle ne l'empêchait pas de trouver des loisirs pour satisfaire le
penchant qui l'entraînait vers les recherches historiques.

L'Espagne est un sujet continuel et inépuisable d'études :
plus on s'approche d'elle, cherchant à soulever le voile qui
couvre ses destinées fabuleuses, plus l'esprit est vivement sol-
licité, plus il se laisse aller à la suivre dans les innombrables
vicissitudes de sa fortune. Elle a traversé, en effet, tous les
hasards qu'une nation peut traverser : tour à tour victorieuse
ou abattue, elle a connu l'enivrement de la gloire et l'amer-
tume des revers, l'orgueil que donne la force et la tristesse de
l'impuissance ; chaque transformation successive lui a coûté
assez de sacrifices et de souffrances ! Dans ce spectacle de
conflits soudains, d'épreuves vaillamment, héroïquement sup-
portées, ce n'est pas l'imagination seule qui est séduite par
l'imprévu des péripéties, par l'aspect de mœurs pittoresques,
de coutumes bizarrres, de caractères énergiques produisant
dans leur choc des effets éblouissants. La raison sévère et
calme y trouve aussi ses fruits à recueillir : sondant plus profondément les faits, elle remonte à leurs causes, les compare,

en montre l'enchaînement logique et irrésistible. C'est ainsi que les investigations peuvent devenir fécondes.

Déjà, de nos jours, diverses périodes des vieux âges de la Péninsule ont été le sujet de savants aperçus en France, en Allemagne, en Angleterre, partout où on pense. Au-delà des Pyrénées même, les esprits se tournent vers cette voie : par un effort assurément nouveau sur cette terre où les Arabes ont laissé le fatalisme, ils s'informent, discernent, jugent avec soin.

L'Espagne souffre des douleurs trop vives encore pour que toutes les études ne se rattachent pas à ses besoins actuels, à ses misères, et ne tendent pas à leur procurer quelque allégement. Il vient une heure dans les révolutions où c'est un travail utile de retracer sommairement leur histoire, de montrer l'idée féconde qui les a suscitées, en là dégageant des erreurs mêlées à elle ; préciser ainsi une situation, c'est toucher déjà à un avenir meilleur. La Péninsule est arrivée à cette heure décisive ; après avoir, pendant près d'un demi-siècle, dépensé son énergie en luttes de tout genre, veillé sans cesse en armes, lasse de bruits, de troubles, de soulèvements, elle aspire au calme, à la paix dans laquelle seulement peuvent s'affermir ses institutions, se développer son commerce, établir d'une façon sûre ses rapports avec les autres pays, toutes choses qui constituent la puissance d'un peuple, et qui sont malheureusement encore à l'état de problème chez nos voisins.

Le style des Mémoires de Suchet a de l'énergie et de l'éclat ; il n'exclut pas le coloris, la beauté des images. On en jugera par le tableau suivant, qui peint bien l'Espagne :

«Considérée géographiquement et physiquement, l'Espagne tient presque autant à l'Afrique qu'à l'Europe ; on ne peut en douter, quand sur la carte de la Méditerranée, à côté des péninsules de la Grèce et de l'Italie, on voit celle d'Espagne

donner pour ainsi dire la main à la pointe d'Afrique, qui
semble n'être que sa continuation, malgré le nom et le détroit qui les séparent. En consultant les récits historiques, on
reconnaît que la destinée de ces deux contrées n'a guère été
plus divisée que leur territoire. Les Romains ont été jusqu'à
les confondre sous une même dénomination. La partie de
l'Afrique qui de *Tingis* (Tanger) prenait le nom de *Tingitane*,
a reçu quelquefois la désignation d'*Hispania transfretana*
(Espagne au-delà du détroit). Les Phéniciens et les Carthagi-
nois sont venus d'Afrique, attirés par les richesses de la Béti-
que ; les Vandales qui, dit-on, laissèrent leur nom à l'Andalousie, et après eux les Goths, ont passé le détroit pour s'é-
tablir sur le côté opposée d'Afrique ; et plus tard les Maures
ou Sarrasins ont ramené une autre fois d'Afrique des domi-
nateurs à l'Espagne, d'où une dernière révolution les a ban-
nis, il n'y a pas plus de trois siècles.

« Si l'on considère ensuite non ce qu'elles ont été, mais ce
qu'elles sont, on ne peut s'empêcher de remarquer entre les
deux contrées de nombreux traits de ressemblance. A travers
les différences que la religion, les gouvernements et les lois
ont établies dans les mœurs, dans le costume, dans le langage, on voit que les rapports matériels et terrestres, le
sol, les eaux, la culture se retrouvent encore les mêmes
entre des pays voisins qu'une longue suite d'événements
a rendus étrangers l'un à l'autre. Ainsi le même soleil
brûlant dévore la Barbarie et l'Andalousie ou les Algarves.
Les montagnes, dépouillées de forêts, n'y amassent plus
les nuages et les pluies. Les plaines et souvent les val-
lons sont en proie à la sécheresse. Partout, il est vrai, où
l'art rencontre des eaux fertilisantes, il en profite avec un
succès prodigieux pour demander des récoltes à la terre.
Mais auprès de ces riches campagnes sont les déserts, ou
des *despoblados* immenses, où l'œil se perd et la pensée s'at-

triste, en embrassant de toutes parts l'espace aride et soli-
taire. Quand on s'élève sur le sommet de quelqu'une des
nombreuses montagnes qui traversent l'Espagne, on n'aper-
çoit sous un ciel presque toujours ardent que des plateaux incultes et des pentes nues, dont rien de vivant ne coupe l'uni-
formité. Seulement au fond des vallés une rivière ou un ruis-
seau serpente au loin, entouré d'une lisière de verdure, où
l'on suit comme à la trace les moissons, les plantations et les
habitations des hommes. Une carte enluminée, présentant la
forme de tous les bassins, les eaux avec une teinte d'azur, et
leurs bords avec une teinte verte plus ou moins large, serait
un tableau fidèle où l'on pourrait reconnaître l'état réel de ce
territoire qui, à peu près égal en surface à celui de la France,
ne contient cependant et ne nourrit qu'une population à
peine égale au tiers de la nôtre. On embrasserait d'un coup
d'œil, comme par l'anatomie, les veines et les artères de ce
grand corps, qui manque d'embonpoint, mais qui a encore
des nerfs et des muscles, si l'on ose employer une telle com-
paraison, et dont la structure présente une charpente taillée
pour la grandeur et la force.

« En effet, la péninsule d'Espagne, appuyée sur de solides
fondements, se couvre de hautes chaînes prolongées dans tous
les sens, et semble un grand promontoire entre les deux mers
qui la baignent. Inclinée au levant et au couchant, elle se
divise naturellement en deux pentes inégales, celle de l'Ebre
et de quelques courtes rivières qui coulent vers la Méditerranée, et celle qui porte à l'Océan les eaux du Guadalquivir,
de la Guadiana, du Tage et du Duero. A partir du bord de la
mer, des plaines basses, d'une fertilité et d'une culture ad-
mirables, forment la base de l'amphithéâtre. On s'élève par
des vallés cultivées en *huertas* au-dessous des eaux, en *seca-
nos* au-dessus, et l'on arrive sur une première chaîne. Mais
au-delà, on ne descend point, comme à l'ordinaire, dans une

vallée correspondante ; on se trouve dans les immenses plaines que soutient le plateau intérieur. Des provinces entières, les Castilles, la Manche et tout le centre de l'Espagne sont placés dans cette région élevée. D'autres chaînes couronnent encore le centre, et portent aux nues des cimes de neige que ne peut toujours fondre un été de plus de six mois. Il résulte de cette conformation que les eaux, pour descendre à la mer, ont beaucoup à creuser dans les terres. Tandis que les fleuves du nord de l'Europe arrivent à leur embouchure par un long cours, à travers des lacs et des marais, les rivières d'Espagne et tous leurs affluents se précipitent par une pente rapide, forment des crevasses profondes et escarpées, et offrent à chaque pas des scènes pittoresques et sauvages, des passages étroits et difficiles. On ne peut y faire quelques lieues sans rencontrer un ou plusieurs de ces défilés, comme les Thermopyles ou les Fourches Caudines, dans lesquels deux ou trois centaines d'hommes suffiraient pour arrêter des armées entières. Les ravins sont presque toujours à sec, et cependant impraticables. Les grandes rivières ne sont point des moyens de communication : la navigation est fréquemment interrompue par des barrages et des usines. Quelques canaux, exécutés au milieu des oppositions populaires, ne sont guère employés qu'à l'irrigation. Deux grandes routes royales, unies par un petit nombre de chaussées secondaires, partent de la capitale et conduisent à Bayonne, à Valence et à Barcelone. Elles traversent sur de beaux ponts les fleuves et les ruisseaux, et ne sont dégradées ni par les pluies ni par le roulage, dans un pays où les transports se font à dos de mulet, et où l'on connaît à peine l'usage de la poste aux chevaux. Partout ailleurs les communications sont difficiles, les provinces isolées entre elles, les villes et les villages à grandes distances, bâtis sur des hauteurs ou concentrés dans des murs, entourés de superbes forêts d'oliviers, mais rarement de hameaux ou de maisons de campagne. Le genêt et la bruyère envahissent des contrées entières. Ces terres incultes servent, il est vrai, à nourrir les troupeaux immenses qui enrichissent l'Espagnol de laines fines dont il ne sait se vêtir qu'à l'aide de l'industrie étrangère ; mais la culture vraiment utile, celle qui alimente et multiplie la population , est renfermée dans d'étroites limites . . . . »

Quand on a lu ces Mémoires , quand on connaît la vie de l'auteur, on voit que Suchet n'était pas seulement guerrier, parlant de ses batailles rangées et de ses prises de villes, qu'il n'avait pas seulement le cœur d'un héros, célébrant les grands exploits et les grands dévoûments de l'héroïsme, mais qu'il y avait encore en lui la tête d'un philosophe, car sa sagesse est l'âme et la base de ses récits ; qu'il était législateur, car il comprend les lois qui régissent les rapports des hommes entr'eux ; qu'il était historien, car ses récits naissent de la vérité historique ; qu'il était éloquent, car il discute et harangue ses soldats et ses personnages ; qu'il était voyageur , car il décrit les pays parcourus par lui , les montagnes , les fleuves , les monuments, les mœurs du peuple espagnol ; qu'il connaît la géographie ; l'agriculture, les arts , les métiers ; qu'enfin il était un homme pieux , car il parle du ciel autant que de la terre.

Ce n'est pas dans ces Mémoires qu'il faut chercher les hauts faits du héros. Il n'en est pas parlé ; il y renvoie , avec un désintéressement de gloire exemplaire, le mérite de ses campagnes aux généraux et officiers qui l'ont si habilement secondé : les bulletins de l'armée seuls retentissent de ses exploits, pages glorieuses de la vie du héros ; les uns rendent hommage à son intrépidité, les autres à sa haute intelligence, tous à son noble caractère.

Il faut lire dans ses propres pages les récits de ses méditations, de ses sensations, de ses jours et de ses veilles , et les diverses périodes de sa vie. Souvenirs, récits, légendes populaires, écho des clairons d'Austerlitz, d'Iéna, de Wagram, d'Espagne, que vous êtes beaux à l'étranger, et que vous êtes peu, cependant, auprès de l'action elle-même et de ses joies enivrantes ! Que tout ce bruit du passé, qui nous enchante à écouter, doit languir pour qui a fait ce passé même ! Ils faisaient, autrefois, et aujourd'hui ils racontent ou ils entendent raconter ! naguère conquérants, naguère faiseurs et défaiseurs d'Etats, aujourd'hui voyageurs et curieux. C'est bien peu, encore une fois, mais que voulez-vous ? L'Europe d'aujourd'hui ne comporte pas plus. C'est en vain que tous ces hommes de guerre, saisis par la paix au milieu de leurs batailles, et jetés bon gré, malgré, frémissent comme le fer arraché au feu de la forge et plongé tout à coup dans l'eau froide. Les campagnes sont finies ; les voyages restent. On visite Vienne, Berlin, Madrid, Moscou, Constantinople, Alexandrie, mais on n'y accourt plus au galop de son cheval, à la tête d'une triomphante armée ; ou n'y descend plus dans les palais conquis l'épée à la main. On arrive en chaise de poste, on descend à l'auberge et l'on paie l'hôte en partant. La curiosité, en Europe, a remplacé l'action. On veut voir ce que deviendra le monde depuis que personne ne se mêle plus de lui faire son sort à grands coups d'épée, et qu'il se fait tout seul par l'effet lent, mais sûr, des mœurs et des opinions.

Quoi qu'il en soit, les deux volumes de Commentaires du maréchal Suchet, sont un véritable trésor de sagesse, de génie éminent, de force et de couleur de style. Ils renferment les notes épiques du poème de la plus glorieuse partie de sa vie, comparables à celles de César par l'ampleur du récit, à Tacite par la sûreté du sens politique et l'idée civilisatrice. On se dit, après les avoir lus, que c'est par ses exemples et par ses œuvres qu'il a influé sur la civilisation et qu'il mérite une place à part parmi les hommes dont le nom a grandi le nom

6

de l'humanité. Ce n'est pas tout : ce grand capitaine a écrit ses Mémoires avec le double respect de son rôle devant la postérité, et de son talent de lettré devant lui-même. Il leur a donné une splendeur nouvelle par sa magnifique description de l'Espagne orientale, politique, militaire, et surtout par le tableau de ses batailles, où il remplit les deux rôles d'Achille et d'Homère.

Ce que Montesquieu a dit dans l'*Esprit des Lois*, sur la relation d'Hannon, il aurait pu le redire, s'il eût vécu de nos jours, des Mémoires du maréchal Suchet :

« C'est un beau morceau de l'antiquité que la relation d'Hannon : le même homme qui a exécuté a écrit. Il ne met aucune ostentation dans ses écrits. Les grands capitaines écrivent leurs actions avec simplicité, parce qu'ils sont plus glorieux de ce qu'ils ont fait que de ce qu'ils ont dit. »

FIN.